JN226939

真夜中の裏切り

地下鉄の六本木駅《ろっぽんぎ》がある街の中心部を少し外れると、小さな坂が多くなる。傾斜をうまく利用して建てられた家は、新しいものほど趣向が凝らされていて洒落《しゃれ》ていた。その中でも特別凝った外装の家の前に、一台のスクーターが今、停まろうとしていた。

入り口の門は施錠されている。スクーターを運転していた少年は、身軽にひょいっと降り立つと、門を僅《わず》かに開いた。中にスクーターを入れるために歩道へ乗り上げる時、がたっと揺れてハンドルにぶら下げてあった袋が外れてしまった。

「あーっ！」

真っ赤なリンゴがころころと坂道を転がっていく。

「あー、待てっ、こらー」

少年は必死になってリンゴの後を追った。

すると坂の下から歩いてきた若者が、野球ボールを拾う外野手のようにさっと腰を屈《かが》めて、一つ二つ三つと拾ってくれた。やっと追いついた少年は、リンゴのように赤くなった顔で若者の前で立ち止まる。

「ありがとう…」

「ん」

若者から渡されたリンゴを見て、少年はぷっと頬《ほお》を膨らませた。

「傷だらけになっちゃった。もう食べれないかな」

「皮剥《む》きゃ食べれるよ」

若者は少年の手から再び一つのリンゴを奪い取ると、自分のシャツの胸元できゅきゅっと拭《ふ》く。

そして綺麗な歯並びが覗《のぞ》く口元を大きく開いて、がしっと齧《かじ》った。

真っ赤な皮が破れ、クリーム色の果肉が顔を覗かせる。

「ほらな。喰えるだろ」

若者は果汁で汚れた口元に、何ともしれない微笑《ほほえ》みを浮かべた。

「洗わないまま食べて、おなか壊さない？」

少年は実際の年齢よりも幼く聞こえる口調で尋ねる。

「それほど柔《やわ》に出来てねぇよ」

再び若者はきしゅっとリンゴを齧った。あっという間にリンゴは咀嚼《そしゃく》され、太い喉元《のどもと》に飲み込まれてしまう。歯形がついたままのリンゴを、若者は少年の手に戻すと、ついでにチュッと音立ててその唇まで奪った。

「旨《うま》かった、ごちそうさん」

少年が抗議の声をあげる間も与えず、若者はまた大股で坂道を上っていってしまった。

源《みなもと》光彦《みつひこ》は、素肌にシルクのガウンを纏《まと》っただけの姿で、書斎に置かれたパソコンに向かっていた。はだけた胸元から、筋肉質の鍛《きた》えられた逞《たくま》しい胸が覗いている。ゆったりと紐《ひも》で結ばれた腹部には、余計な脂肪は一切ついていなかった。

洗ったばかりの髪は額《ひたい》に下がったままだが、真っ黒で艶々《つやつや》と光っている。浅黒い肌をしている全身の血色はよく、シャープな顎《あご》には鬚《ひげ》のそり残し一つない。若くない証拠に眉《まゆ》を整えたりはしていないが、はっきりとした顔立ちの色男で、とても今年四十になったとは見えなかった。

「うーん。パーティーの招待客はこんなものか。Jリーガー、プロ野球、タレントに俳優。お笑い系とモデル…」

背後から音も立てずに近づいてきた男は、半月形にカットされたレモンを添えたトマトジュースを、すっとデスクの上に置く。その手を光彦はぎゅっと握った。

「どうだ、紫上《しじょう》、こんなもんで」

「多くないですか…」

柔らかなニットの部屋着姿の丘部《おかべ》紫上は、パソコンの画面に素早く視線を走らせると静かな口調で答えた。その声は甘く、何ともいえない美声だ。

襟足《えりあし》を隠す程度の髪が、ほっそりとした女顔によく似合っている。声に相応《ふさわ》しい容姿といったらおかしいだろうか。眼鏡をかけているせいで本来の美しさが微妙に隠されているが、それでもかなり美しいのは誰が見てもわかる。

「いいんじゃないでしょうか…。でも社長…圧倒的に男性が多いような気がしますが」

「そうか？　そうかな…」

光彦はさらに強く紫上の腕を引き、自分の膝の上にその細身の体を乗せてしまった。

「男が多いって？　だがみんな人気のあるやつらばかりだぜ。大切な夕人《ゆうと》の誕生パーティーなんだ。呼べるんなら、話題性のある人間の方がいい」

「…また息子のせいにするんだから。本当はご自分が、人気者の男達に囲まれて、ハーレム気分を味わいたいんじゃないですか…」

ほとんど口調を変えることなくクールに言っているが、紫上の言葉はそれとなく皮肉を含んでいる。細身のフレームの眼鏡をきゅっと前後に揺すって、紫上は目を凝らしてリストを読んでいた。

「やっぱりね。若い男の子が圧倒的に多い…。これって全部社長の守備範囲じゃないですか」

「そんなことないだろう。紫上好みのマッチョなスポーツマンも大勢いるぜ」

苦笑いを浮かべている光彦の手は、いつの間にか紫上の柔らかなセーターの中に忍び込む。いいように体を弄られても、紫上はあえてその手をどけようとはしない。

「私もあんな年頃に社長と出会ってしまわなければ、もっと違った人生を送れたかもしれないのに。いっそパーティーの招待状に注意書き入れたらどうです。誘惑された時の事後処理につきましては、当方では一切の苦情は受け付けませんとでも…」

紫上のほっそりとした指が、パソコンの画面の上をすーっと撫でる。それと同時に光彦の唇は紫上の項《うなじ》を味わっていた。

「十四年も…よくこんな男たらしに我慢してたと思いますよ。そろそろこのリストの中から、新車に乗り換えるおつもりですか」

「紫上…何すねてる。さっきまであんなにいい声出して、俺に必死で抱き付いてたやつが言うか」

「…三十過ぎの男は守備範囲じゃないって…いつも聞かされてるしなぁ。定年制があるんなら、私、もう二年過ぎてますが」

「紫上だけは…特別だよ」

光彦の指は、紫上の胸の突起を軽く摘んでいた。その手を紫上はそれとなく引き離し、立ちあがって優雅な動作で歩きだす。

「これだけは言わせてもらいます。十八になっても…夕人君にだけはおかしな真似をしないように」

「おい、そんなことすると思うか。夕人は息子だぜ」

「法律上はね。ですが血は繋がってないでしょう。パーティーの後、少しでもおかしなことするようでしたら、私でも…怒ります」

「わかってるって」

光彦はまたパソコンの画面に視線を向けたが、慌《あわ》ててその中に女性タレントを追加していた。

紫上はそのまま階下へと下りていった。六本木の中心部を僅か離れたこの場所に、光彦が家を建てたのは十五年前だ。すでに古くなっている家だが、施工《せこう》業者が良かったのか相変わらずモデル住宅のように美しい。

坂の途中にあるせいで、変形した四階建てになっている。地下は車が二台入る駐車場で、その横が物置スペースになっていた。一階は玄関ホールと客間の和室。二階がリビングとダイニング、それとオーディオルームで、三階にそれぞれの居室がある。四階は日光浴も出来るサンルームになっていた。

キッチンで誰かがごそごそと袋の中身を取り出している。その後ろ姿を見た紫上の顔には、穏やかな微笑みが拡がっていた。

「夕人、お帰り。買い物なんて頼んでごめんね」

「んんっ、リンゴ、そこで落としちゃった」

紫上の声に顔を上げた源夕人は、まだ被《かぶ》っていたハーフサイズのヘルメットを下ろした。明るいさらさらの髪が、天窓から差し込む光にきらっと反射する。誰もが三分は見つめてしまうほど、その顔立ちは華やかで美しいが、表情にはまだ幼さが残っていた。

「傷だらけだぁ、どうする?」

大理石で造られた調理台の上に、少し傷のあるリンゴが並んでいる。その一つは齧りかけで、紫上はそこに目をとめた。

「もうじき君も十八か。初めて逢った時は、まだ幼稚園の年少組に通ってたのに」

「光彦の頭の中。今はパーティーのことでいっぱいでしょ。やんなる。僕の誕生日だっていうのに、自分の方が盛り上がってるんだから」

黄色のパプリカ。真っ赤なトマトに瑞々しいレタス。チコリにバジル。次々と取り出して無心に並べている。その様子はどこか異国の少年のようにも見えた。

夕人の肌は白い。瞳の色は茶色で、すーっと通った鼻筋も日本人的ではない。唇がふっくらしているのや、頬に残る丸みがなければ、もっと印象は日本人離れしてしまうだろう。

その筈《はず》だ。夕人は戸籍上は源光彦の長男になっているが、当時トップモデルだった母とフランス人デザイナーの間に出来た子供だった。

母は夕人がまだ幼いうちに、弟の友人だった光彦と結婚。日本に戻って仕事に復帰。今でも婦人雑誌のモデルをやったり、ファッションアドバイザーとして派手に活躍している。

だがその母も、戸籍上はとうに源の籍から抜けている。つまり彼女は、体よく育児を光彦に押しつけて、さっさと自由になったということだ。

夕人も母にはたまに逢っている。今でも仲が良く、親子というより友達みたいないい関係だ。それより問題なのは、ゲイのくせに夕人を引き取り、ここまで育ててくれた父親の方だと思っていた。

「…家に帰りづらくて…外にいた？」

紫上はトマトとレタスを洗いながら、それとなく夕人に聞いていた。

通っている高校から帰ったばかりの夕人に、いきなり買い物を頼んだ理由はたった一つ。

まだ太陽も沈みきっていない午後遅い時間、いつものように突然発情した光彦のせいだ。さすがに夕人が家にいて、まだ活発に活動している時間、二人で寝室にこもっている時の声なんて聞かれたくはなかった。

気を利《き》かせたのか、夕人は買い物を頼まれると小一時間は帰らない。それは父親のためというより、誰よりも自分に優しい紫上を思っての配慮だ。

「おなか空《す》いてたんだろ。リンゴの皮も剥かないで食べるなんて、夕人らしくない」

「違うよ。友達…そこで逢ったら…喰われた」

なぜかそこで夕人の頬は赤くなる。色が白いから余計に目立った。

「ごめんね…もう子供じゃないものな。嫌だろう…その…こんなことの度に買い物とか行かされるの」

「別にぃ、平気。いつものことでしょ。それよりパーティーだよ、パーティー。光彦抜きでやりたーい。どうせあいつ、あっちこっちの男にでれーんと鼻伸ばして、いやらしいことといっぱい言うんだから」

「誰がいやらしいって」

低音の声が、開放的なキッチンに響き渡る。夕人はしまったといった顔をして、革の小粋なジャンバーを脱ぐともう逃げる態勢に入りかけていた。

「僕、カテキョが来るから」

「待てよ、夕人ーっ。冷たいなぁ。悪かったよ、君という世界一可愛《かわい》い男がいながら、また紫上相手に発情してしまった」

ガウン姿の光彦は、夕人を捕まえぎゅっとその分厚い胸に抱き締める。百八十三センチと長身な光彦の体の中に、百七十センチのスリムな体はすっぽりと包まれてしまった。

「頬がかさついてるぞ。十八になったら、すぐに免許取るんだよ。スクーターなんて危ないし、肌荒れの原因になるだろ」

光彦の大きな手が、つるつると夕人の頬を撫で回していた。

「んーっ、今日も可愛いなぁ。セクハラされてないか。そんなやつがいたら、パパがぶん殴ってやるからな」

息子相手に光彦は平気でキスをする。それも頬や額なんてものじゃない。唇を捕らえていつものようにちゃんとしたキスをしようとしたら、どうしたことか今日に限って、夕人は手で唇を覆《おお》ってしまった。

「やめてよー。もうガキじゃないんだからさ」

「わかってる…もうじき誕生日だものな」

「だからだよっ。ふつーの親子はこんなキスしないの。光彦…パンツくらいはいたら」

「んっ…」

光彦は思わずガウンの前を見る。いつの間にか腰の紐は緩《ゆる》んで、見事な裸体が覗いているだけでなく、かなりの大きさのものがちらっと見え隠れしていた。

「見慣れてるだろ。何照れてるんだ。そろそろこういうのも意識する年頃になったかな」

思わず光彦の眦《まなじり》が下がる。すると夕人はその頬を軽くパチンと叩《たた》いた。

「僕、予習するから。食事一時間遅れてもいいよ。またベッドルームに戻ったら」

「んーっ、可愛いねぇ。ヤキモチかぁ。紫上相手に妬《や》いてもしょうがないだろう」

光彦はなかなか諦《あきら》めない。どうにかキスしようとするのを、夕人は巧《たく》みに避けてさっとその腕の中から逃げ出した。

「こら、待ちなさい。パーティーの招待客のリスト出来たぞ。見なくていいのか」

「いいっ。どうせ、光彦の店のお馴染みさんとか、知り合いのタレントばっかりなんだろ」

たたたっと夕人は勢いよく階段を駆け上がっていく。しばらくするとドアの閉まる音が階下まで響いた。

「冷たいねぇ、年頃になるとあんなものか。ちょっと前は何でも光彦、光彦だったのに」

リビングのソファにどさっと体を投げ出し、光彦は灰皿を引き寄せ煙草を銜《くわ》える。

「紫上、飯《めし》何？」

ふーっと最初の煙を吐き出すついでに、その口から出た言葉はそれだった。

「ステーキ喰いたいな。喰いに行くか？」

「社長…寝る前にパスタ食べたいっておっしゃいましたが」

「言ったか？」

「紫上、君の作るパスタは下手なイタリアンレストランのより旨いよな。茄子《なす》とベーコンのが食べたーいとか…おっしゃいませんでしたか」

手早く洗った野菜を水切りしながら、紫上は顔も上げずに冷たい声で言う。

「そうか。やる前だったから、さっぱりパスタの雰囲気だったんだろ。だけど大切なタンパク質のほとんどを、紫上にやっちまったからな」

「…何でしたら…返しましょうか」

「最近、お前の薄いからな」

その一言でさすがの紫上も、まな板にばんっと包丁を突き刺していた。

「社長…パスタかステーキか…はっきりしてください」

「怒るなって。パスタでいいよ」

「でいい？」

「すいません。パスタがいいです」

「よろしい」

紫上はパスタパンの大きなのを、キッチンの下から取り出す。そしてお湯を沸かそうとしながら、ふっとため息をついた。

傲慢《ごうまん》、わがまま、ジコチューの強欲色男の愛人生活も、十四年目になる。

仕事では光彦の部下として、専務の肩書まで貰っているし、給料も十分過ぎるほど支払われていた。住まいはここだし、車は光彦のものを使っている。着るもの一つ買う時も、ほとんど光彦が支払ってしまうから、給料はそのまま手つかずで貯まっていた。

一見何の不満もない、幸せな生活のように思える。

だがそろそろここで、一つ区切りをつけないといけないと紫上は思っていた。

紫上が何を考えているか、まるで気にもとめない愛人は、テレビを見てのんびりしている。今は下半身も落ち着いて、一番まったりとしている時間だからだろう。

下着もつけないガウン姿でくつろいでいる男の背中は広い。まだ現役ばりばりの証拠に、その後ろ姿には充実している男の覇気《はき》があった。

浮気さえしなければなんて、今さら紫上は思わない。ほんのつまみ喰いから、ストーカーまがいの被害にあったり、ナイフを手にした待ち伏せまで、それこそ愛の修羅場のあらゆるパターンを実践してきた光彦だ。

あそこが使える間は、おとなしくしていろと言うのが無理だろう。

それでも最低許せないことはある。

はっきりと教えてやれるのは、自分しかいないと紫上は思っていた。

ほとんど黒に近いダークブルーのスーツなのに、光彦はピンクのシャツをあえて着る。赤の散った派手なネクタイを締め、腕にはピアジェのクロコダイル革の時計。靴《くつ》はイタリア製だ。

下がっていた髪を丁寧にあげ、指先が綺麗か確認する。時計に合わせてピアジェのリングを左手中指に嵌《は》め、玄関脇の大きな鏡で全身を確認した。

まだ靴を履いていない紫上は、薄いグレーのスーツに黒のシャツ。グレーのネクタイでシックに決めている。光彦は紫上のスタイルを確認すると、壁一面にしつらえたシューズボックスの中から、黒い靴を選んで手渡してやった。

「通勤が車より徒歩の方が早いっていうのはな」

光彦としては駐車場に停まったままのベンツか、ダッヂのバンを颯爽《さっそう》と運転して出掛けたいところだが、夜も七時となったこの時間では、歩いて行った方がずっと早い。それにどうせ呑むのだ。どこかに出掛けてもタクシーを利用する方が便利だった。

「夕人、いってくるからなー。おーい、夕人、いってらっしゃいのキスはっ!?　こらっ」

「社長…島田《しまだ》部長、退社時間過ぎてますよ。いつまで待たせるんです」

紫上はまだ未練たらしく、階段の上に向かって吠えている光彦の腕を引く。

「お出掛けのちゅうもなしかぁ。夕人、帰ってきたら、部屋まで襲いにいっちまうぞ」

冗談とも本気ともつかない声で言うと、光彦はやっと諦めて外に出た。

道路に出ると、ライトアップされた東京タワーの姿がまず目に入る。なだらかな坂の向こうに、特徴のある美しい塔が、オレンジのライトに包まれて浮かび上がっていた。

生まれた時から、東京タワーを見てきた光彦だ。この街で生まれ育ち、さらにもっと育って悪いこともたくさん覚えた。

風景はここ数年で大分変わってきているが、東京タワーだけは変わらない。特別イベントの時と、夏場だけライトアップの色が変わる。それ以外はほとんど変わらない。午前零時《れいじ》にライトアップが消えるのはよく知られていて、消灯の瞬間をカップルで見るとその二人はうまくいくという。

そんなの嘘さと、光彦は思う。東京タワーの消灯の瞬間をこれまで何人と見てきたと思うのだ。そいつら全員とうまくいっていたら、大変なことになっているだろう。

そうでなくても大変なのだ。長年連れ添った愛人は、どうもこのところ光彦に冷たい。あんなに可愛がっている息子は反抗的だし、光彦好みの若い男の子達ときたら、何を考えているのかわからない宇宙人ばかりが増えていた。

五分も歩いただろうか。一階が洒落たカフェになったビルの前で、二人は速度を弛《ゆる》める。カフェの入り口横にあるエレベーターに乗り込み、八のボタンを押した。八、九、十階を占める『オフィス・源』と書かれているのが光彦の会社だ。

元々光彦の父親は、六本木で手広く商売をやっている金持ちだった。赤坂の売れっ子芸者を口説き落とし、妻に迎えて生まれたのが光彦だ。

すらっとした肢体《したい》は父譲り。甘めな美貌は母譲り。父に教えられた男気と、母に教えられた社交術で、光彦はすでに十代の頃から六本木ではちょっとしたスター扱いだった。

両親の知り合いも半端ではない。政治家から文化人、芸能関係にスポーツマン。一流の人間を見て、さらにそれらの連中から可愛がられて育ったのだ。光彦が究極の男たらしになったのも、無理はないのかもしれない。

女好きじゃなかっただけましかと、親はとうに諦めている。あっちにもこっちにも、認知しなければいけない子供がいるより、親友の姉の息子を引き取って育てているだけだから、将来財産分与で揉める心配はないと思っているのだろう。

業界にも知り合いが大勢いたから、そのコネを使って光彦は十代の後半にバンドでデビューした。ヒット曲はそれでも三曲ある。コンサートツアーにテレビ出演、雑誌の表紙を飾り、写真週刊誌に追われ、大騒ぎしながら忙しく毎日を過ごし、デビュー五年後にバンドは解散した。

その後しばらくドラマや映画にも出たりしたが、高齢の父が入院したのを機に事業を継いだ。以来、まじめに実業家として活躍している。下半身の方も、相変わらず活躍しているが。

「おっはよーございまーす」

光彦はまるでデビューしたばかりのアイドルのように、元気よく挨拶《あいさつ》して事務所に入る。おはようございますと言っても、時間はすでに八時近く。一般社会では夜だった。

「ああ、社長。おはようございます。よかったぁ、お寄りにならないようなら、もう帰ろうかと思ってたんですよ」

物腰の柔らかな島田は、現在『オフィス・源』の統括部長を務めている。その昔は光彦と共にバンドでベースを弾いていた。

『紫式部《むらさきしきぶ》』という名前のバンドが、当時どれだけ売れていたか知る人間はさすがに少ない。すっかり頭皮の薄くなった島田を見て、空蝉《うつせみ》という名前でベースを弾いていた男を思い出せるのは、余程のマニアか元ファンだけだろう。

「クレームが一件。クラブ『ワイッ』の、ビル管理会社からです。閉店後、客が裏口辺りにたまって帰らないようです。朝の九時頃までいるらしいんですが」

「あんなとこで何してんだ」

「自分達で持ち寄った音楽かけて、まだ踊ってるらしいですよ。若いやつら、金がないですからね」

「二十四時間踊れるクラブでも作るか？　早朝割引あり。モーニングコーヒーには、トースト食べ放題ってな」

光彦は明るい口調で言うと、島田の手から前日の売り上げ報告書を受け取る。

今話に出たクラブ。カラオケ。ショーを見せるタイプのパブ。ショー要素のあるレストラン。普通の居酒屋にレンタルスタジオ。『オフィス・源』が手がける店舗は多岐《たき》にわたっていた。

「丘部、どうだ、問題ある店は」

仕事に入ると、光彦は紫上をちゃんと名字で呼んだ。紫上はいかにも専務らしい顔つきになり、数字の欄をチェックする。

「カラオケ、悪いですね。連休明けで、落ち込むのはわかってたんですから、もう少しリピーター確保に動かないと。先月も前年度比で八割ですからね」

紫上は何の資料がなくても、ほとんどの数字を暗記していた。しかも表帳簿だけでなく、裏帳簿もパソコンを開くより早く数字が出てくる。光彦が守備範囲としている、若者と呼ばれる年齢を過ぎても自分と別れられないのは、その辺りもあるんだと紫上は思っている。

「メニューの更新と、以前より提案していたＤＶＤ録画サービスを、そろそろ検討なさったらいかがですか」

切れ者の専務は、アイデアも豊富だ。光彦が若い男相手に、危ない口説き文句を口にしている時にも、しっかりと時代の流れを勉強している。

「明日、各店の店長に招集かけますか」

しかもフットワークも軽い。光彦が決断さえすれば、すべてうまくいくようにお膳立てを整えてくれる。

「専務、じゃ会議、セットして」

「わかりました。島田部長、クレームの件ですがね。警備保障会社に、一ヵ月の間だけ、巡回サービス頼みましょうか」

紫上はもう次の話題に移っている。オフィス業務の責任者である島田は、昼の時間ここで働いているが、紫上にはいっそ夜の社長のお守りよりも、オフィス業務を優先して欲しいと願っていた。島田が引き継ぎを終えて帰ると、オフィスには男性の社員一人だけしか残らない。静かになった途端、光彦はくいっと顎をあげて、紫上に上を示した。

十階は社長室と会議室、それに応接室がある。九階は半分近くを倉庫が占め、それ以外はショーパブのダンサーのオーディションや、従業員の面接と教育に使っていた。

「さあって、今夜はどの店に抜き打ち検査に行くかなぁ」

光彦の仕事といえるのは、ふらっと店に顔を出すことだけだ。いつ行くと言っていないから、店長やマネージャークラスはいつもどきどきしている。

社長室は真っ暗だった。電気を点けると、落ち着いた雰囲気の洒落た室内が目に入る。壁に沿った棚には、光彦の過去の栄光『日本レコード大賞』『放送音楽賞』『有線大賞』などのトロフィーや置物が置かれ、カリスマ的美貌を誇った当時の写真が飾られていた。

「紫上…お前、最近冷たくないか」

二人きりになった途端、光彦は紫上を抱き寄せる。細い顎に手を添えて自分の方に向かせると、僅かに首を下げてその唇を奪った。

「まさか浮気してんじゃないだろうな」

「…あなたに言われたくないです」

「俺、最近おとなしいだろ」

「それはそうでしょう。先月はいろんな場所に進出して、新人狩り楽しんでたみたいだし。あらかた狩り尽くして、満腹したでしょうから」

「おい…」

光彦はさらにディープなキスに持ち込もうとする。それを紫上はそれとなく遮《さえぎ》った。

「本日はすいません。私、私用がありますから。二時間ほど外出させていただきます」

「外出？　だーめだね。許可しない。紫上、勤務時間内だぞ」

「それでは有休に振り替えてくださっても結構ですよ。または二十パーセントの減給でも」

あくまでも強気な紫上の様子を見て、光彦は困ったように眉を下げた。

「怒るな、紫上。俺一人にしとくと、また何するかわからないだろう。いいかげん反省してるから、ここは紫上にぎゅっとだな」

「ぎゅっと搾《しぼ》り取ったつもりですけど、まだ出し足りないのなら、どうぞ、御自由に」

光彦の体を押し戻すと、紫上はそのまま社長室を出ていこうとした。

「二時間って…ラブホの休憩タイムみたいだな」

背後からの声に、紫上は形のいい眉をつっと寄せる。

「そういう発想するのは、社長くらいのものです。食事したって、仕事の打ち合わせしたって、二時間は見るのが普通でしょ」

「その二時間。誰と、どこで、何を、どうするんだよ」

光彦はしつこい。まるで駄々をこねている子供のようだった。

「私にだって、あなたの知らない生活があるんですよ。あんまり子供みたいなことばっかり言わないでください。四十にもなって、もうっ」

紫上は言いたいことが山ほどあったが、そこはぐっと抑えて社長室を出た。

紫上がいなくなったら、光彦が電話に飛びつくのは想像がつく。二時間の間に、どこで誰とどうするつもりなのか知らないが、気に入った男の子を呼び出して、自分の店に連れていくくらいのことは普通にするだろう。

エレベーターに乗り込む。七階から四階は他社のオフィスだが、その下は店舗になっている。そこから帰る客が途中から乗り込み、エレベーター内に微《かす》かに残っていた光彦の残り香、シャネルのエゴイストの香りは綺麗に霧散《むさん》してしまった。

短いスカートから、綺麗な足を覗かせた女性が店内を歩いている。レースクイーンの格好をしているんだと、柏木将《かしわぎまさる》がいくら田舎者とはいえ知っていた。

彼女らの視線が、時々自分に向けられるのは感じる。押し倒して欲しいのかよと、鼻先で笑いながら、そのうちの一人を呼び止めビールのお代わりを注文した。

東京にはいろいろな店がある。ここはカー用品でお馴染みの店が経営しているカフェだ。店内には車関係のものが飾られていて、それらしい名前のカクテルも用意されていた。車好きな将としては、こんな小洒落た店を待ち合わせ先にしてくれた相手に、少しは感謝してもいいかなと思った。

将は着ていた革ジャンを脱いで、半袖のシャツ一枚になっている。全体にダークブラウンの髪だが、前だけは特別色を薄くして、短い髪をすべて上にあげていた。

ごっつい首筋には、シルバーの太いネックがぶら下がっている。太い指には左右で六個、やはりシルバーのリングが嵌《は》まっていた。盛り上がった肩の筋肉や、じろっと人を睨み付けて臆さない態度から、あんまりトラブリたくない相手だと見られているのを感じる。

東京に来てから、こいつは負けそうだと思った相手には、まだ一人も出会っていない。やくざも本物はみんなスーツ姿で身綺麗だから、将にはサラリーマンとの区別が難しかった。

「待たせたかな」

声に顔を上げると、将がこれまで見たこともない美しい男が微笑んでいた。

東京には洒落た女や男がいると聞いたが、確かにそれは本当だろう。昼間見かけた男の子も、あんまり可愛いから思わずキスしてしまった。男が特別好きなわけでもないが、あれだけ可愛いとまた別だ。明日もあの辺りをふらついて、もしまた会えたら、ちょっと誘ってみようかなとも思っていた。

「えーと、丘部さん？」

「丘部紫上です。柏木さんから聞いたけれど、君が将君？」

「うっす。柏木将です」

将は少し姿勢を正してみる。年上には敬意を払う。その程度の常識はある。

紫上は将の前の席に座ると、慣れた様子で女の子にスコッチの炭酸割りを注文した。紫上があまりに綺麗な男なので将は緊張してしまい、断りもなく煙草に火を点けて派手にふかしていた。

「いい体してるな。スポーツは何かやってるの」

「ん…地元ではね。まぁいろいろと」

空手に柔道、ボクシングにバイク、さらに最近は車。それを説明するのも面倒くさい。ともかく何でもやりたいと思ったことはやっている。

「えーっと、柏木友臣《ともおみ》さんのお父さんが、君のお祖父さんと兄弟になるのか」

「よくわかんないけど、そういうことじゃないんですか」

「友さんが、『オフィス・源』の社長、源光彦さんの友達だって知ってるよね」

「ああ、聞いてます。何か昔、芸能人やってたって人でしょ」

「友さんのお姉さんが、源さんの元奥さんだっていうのも知ってる?」

「ええ、あのうるさいおばさんね」

二人はそこで同時に微笑んだ。

紫上もはっきり言って、光彦の元妻、柏木葵《あおい》は苦手だ。綺麗な子供が欲しかったからと、美貌のフランス人デザイナーを誘惑して、ちゃっかりその子を産んでおきながら、育児に自信がないし、やっぱり仕事がしたいのと、夕人を光彦に押しつけて別れた女だ。

光彦はあの当時、病気で倒れた父親に結婚しろとうるさく言われていたから、子連れでもいいから誰かと形だけの結婚をしたかったのだろう。そうでもなければ、いくら美人でもあんなにいい加減で、自分勝手な女と結婚した意味がわからない。

「そういった関係だから、君のお父さんは『オフィス・源』を、君の就職先に選んだんだと思うけど」

柏木友臣からの電話を受けた時、光彦が不在でたまたま紫上が出たのが、今回の将との出逢いとなった。

光彦の親友、柏木友臣には、紫上も何度も逢っている。彼はノンケで、光彦に襲われなかった数少ない男の一人だ。熊のような外見も、彼の貞操《ていそう》を守るのに役立っていたのかもしれないが。

都内で数軒のスポーツクラブを経営する柏木は、親戚の子の面倒を見てくれと頼まれたんだがと、紫上に相談してきた。地元じゃ相当のワルってことになっているらしいが、男気のあるいいやつだと言われて、紫上は引き受けるのはいいがこの件を光彦には内緒にしてくれないかと頼んでいた。

別に光彦が手を出すと心配していたわけではない。親友と元妻の親戚だ。光彦でも気軽に手を出せる相手ではないだろう。

しかも逢ってみて思った。いくら若くても、光彦のタイプじゃないと一目でわかる。

体は百八十三ある光彦よりさらに大きいだろう。ジムで鍛《きた》えてやっと維持している光彦が、内心欲しいと思っているような、天然の素晴らしい肉体を持っていた。光彦は男としてプライドが高いから、自分以上に逞しい男は決して相手にしない。

彼なら引き受けても、何のトラブルもないように思える。

だが紫上には、別に思うところがあったのだ。

「大学卒業したんだろ」

「ええ、まぁ。一応卒業証明書は貰いましたが、田舎にある馬鹿でもいけるような大学ですから」

「地元で就職活動しなかったの？」

「いやぁ、狭い町だし…いずれは親父のとこ継がないといけないんなら、このまんまぷらぷらしててもいいかなって」

柏木の家が、地元福岡《ふくおか》ではかなりの資産家だと聞いている。働かなくても何も困りはしないのだ。

資産家の息子は呑気《のんき》なものだなと、紫上は自分の身と引き比べて僅かに眉を曇らせた。

「いい身分なんだな…」

「そんなことないっすよ。親父は東京に行って、商売のやり方勉強してこいって言うけど、俺、商売とか向いてそうもないです。何ていうのか、どこに行っても、自分の居場所がない感じで」

「居場所がない？」

「若い時だけでも、こう、ぱっと燃えるみたいな経験したいじゃないですか。なのに何していいのかわかんなくて。本当は…車、やりたいんすよね。金があるんだから、カーレースのために留学させてくれって親父に言ったら、死にたいんなら今死ねって、すげぇ怒られて」

それは怒るだろうと紫上は頷《うなず》く。レーサーになるために、どれだけの金が必要かも知らなければ、危険がどれほどのものかもこの若者は知らないのだろうか。

「ライセンスは取ったの？」

「ええ、取りました。関西方面のレースじゃ、かなりいい成績出してましたよ。スポンサーいないっすかね」

「スポンサーは無理でも、車関係の仕事に就きたいんなら、いずれ紹介してあげる。だがその前に…とんでもないと思うような仕事、頼まれてくれないか」

紫上の顔は真剣だ。美しい男が真剣になると、どこか人間離れして見える。将は思わずぶるっと体を震わせてしまった。

「な、何やるんっすか。ま、たいていのことじゃブルッたりしないけど」

「そんなに難しい仕事じゃないよ」

十四年前のあの時に、あんなおかしな場所で光彦と出会わなければ、ここで柏木相手にとんでもない頼み事なんてしていなかった筈だ。

今頃はどこかの会社に就職するか、少ない親戚のコネを頼って役所にでも勤めるか、学校の教師にでもなっていただろう。

雨の墓場だった。

今でもあの時の線香の匂いまでもが、鮮烈に脳裡《のうり》に蘇《よみがえ》る。

白い菊の花が、雨に打たれて揺れていた。その揺れが止まったなと思って顔を上げたら、見たこともないような美しい男が微笑んでいたのだ。

紫上は交通事故死した両親の、真新しい墓の前で泣いていた。すると同じように父親を亡くしたばかりの光彦が来ていて、そっと傘を差し掛けてくれたのだ。

今でもいい男であることに変わりないが、その時の光彦はぞっとするほど美しかった。まだ高校生だった紫上は、数年前に解散した伝説のバンド『紫式部』のことはよく覚えていたから、そこのカリスマボーカルとこんな場所で出会うなんて、これは奇跡だ。死んだ両親が引き合わせてくれたんだと、運命の出逢いを感じてしまったのだ。

「あの頃は…よかったって言うのは、年寄りの台詞《せりふ》だなぁ。私、まだ三十二なんだけど」

思い出から立ち返り、紫上はため息を漏《も》らす。

「えーっ、そんな年なんっすか。見えねぇーっ。まだ二十五くらいかと思ってた」

柏木に褒《ほ》められても嬉しくない。

紫上の頭を悩ませている一番の問題点は、そこなのだから。

一人で悩んでいてもしょうがない。行動を起こすチャンスは今しかない。

「相応のギャラは支払うし、その後はとりあえず、レース関係の雑誌社を紹介してあげるから」

「マジっすか。レース関係の雑誌社ってレースマガジンとかの」

「そうだよ。『レース速報』って雑誌だ。バイクと車が運転出来て、体力のあるスタッフを募集してる。ライターの能力は特別必要なし」

「ライダーの能力はいるんですよね？」

こいつ、今のジョークかと、紫上は引きつった笑いを浮かべた。

「そう必要なのはライダー…。もし君が雑誌社よりアクション俳優がいいと思うなら、そっちにもコネがある。または格闘技、ボクシング、モデル関連。タレント、お笑い系含む」

「すげぇなぁ」

「六本木ってね。そういった関係者がごろごろ転がってる街でもあるんだ」

そしてかつてはカリスマボーカルだった男が、よからぬ欲望を抱いて眠る街でもあるんだと、紫上は寂しげに顔を伏せた。

大きな黒い傘。濡れるよと囁《ささや》いた甘い声。

君、一人ぼっちなの。だったら俺の家に来ないか。女房に逃げられてさ。俺、夜仕事だろ。家に子供一人で置いとけない。ベビーシッターに女の子雇うと、いろいろ問題あるしね。

優しい提案だった。高校を転校して、顔もよく知らない親戚の家にいくのもいやだ。一人だったら、両親のことばかり思い出して、生きていくのも悲しく辛《つら》い。

僕でよければ働かせてください…その一言が決定的だった。

確かに夕人は可愛かった。すぐに紫上に懐《なつ》いたし、家はあの通り素晴らしい家で、光彦は紫上の大学進学まで援助すると約束してくれた。

なのに家にいったその夜に、いきなり襲ってくるとはどういうことだ。

小さな子供が同じ家にいるというのに、紫上を三日間ほとんど眠らせずに、犯し続けたのは誰だ。

「あの頃は…お互いにタフだったな」

紫上は思わずため息混じりに呟《つぶや》いていた。

地下鉄の駅のすぐ近く、六本木の交差点で上を見上げれば首都高速道路だ。夜になって渋滞はなく、高架《こうか》の上の道路も、下の一般道も車がすいすいと流れている。

紫上は将と別れ、携帯を取り出して確認の電話を入れた。

「社長、今、どこですか」

『カラオケ、一号店』

聞こえてくる光彦の声は、苛《いら》ついているようだ。

「そちら行った方がいいですか」

『馬鹿野郎。お前、勤務中だろう。何やってんだ。ホテルから帰してもらえないのか』

「今、アマンド前ですよ…」

『だったらさっさと戻ってこいっ!』

傲慢な愛人は、自分は平気で勤務時間中でも姿を消すくせに、紫上に対する締め付けは厳しい。単なる独占欲なのか、それともわがままか。間違っても愛情からじゃないだろうと、紫上は思っていた。

不気味なクリーチャーが壁一面を飾るビルの中に入る。エレベーターで三階のカラオケ店まで上った。ＰＯＰにセンスがないなと、紫上は店員が手書きで書いたポスターを読みながら思う。ドアが開くと客だと思われたのか、従業員がいっせいにいらっしゃいませと気持ちよく迎えた。社長が来ているので、いつもより緊張しているようだ。

光彦は事務所で店長相手に雑談している。まだ若い店長は、紫上の顔を見てほっとしている。社長がどんなに不機嫌でも、紫上さえいればどうにかしてくれると知っているのだ。

「丘部、二時間も説教しちまったぞ」

不機嫌丸出しで、光彦は紫上を責める。紫上は軽く小首を傾けただけで聞き流した。

「店長。エレベーター内のＰＯＰね。手書きは安っぽい。明日、本社の事務所で作らせるから、新メニューをデジカメで撮影して入れよう。出来るだけ早く写真届けて」

そんな細かなことにまで、紫上は指示を与える。優しそうに見えるが、言ったことを社員が即実行しなければ、社長の光彦よりも厳しい叱責を口にした。

「社長…いつからこちらに」

それとなく光彦の前に置かれた灰皿を確認する。その本数から想像すると、かなり長時間いたように見えた。

「二時間前からいたさ。誰かさんが遊んでる間ずっといたぜ」

「珍しいですね…」

皮肉な口調で言ったつもりはないが、光彦は明らかに不快に思ったようだ。空になったラークの箱をくしゃっと手で握りつぶすと、座っていた椅子から立ちあがり、店長を振り向いて冷たい声で脅《おど》し文句を口にした。

「努力しないやつに成功はないぞ。百パーセントやってるつもりなら、百二十やるくらいでないとな。この街じゃ生き残れないぜ」

光彦がかりかりしているのには、もう一つ理由がある。駅前から少し外れた地域で、街の再開発が行われた。ホテルに巨大ショッピングタウン、最高級を売り物にした映画館。客足は当然新しい地域に向かう。

古くからある地域が取り残される。夜の客は別さと言いたくても、使える金額には限りがあるだろう。再開発地域に足を運んだ客が、こちら側にも流れてくるように努力し続けないといけない。売り上げの上下で毎日がぴりぴりしていた。

二人は外に出ると、つい人の流れに目をこらす。本当の夜はこれからだ。この街が一番おもしろくなるのは、今からなんだと教えて回りたかった。

「次はどちらへ…」

紫上は前を歩く光彦の背中を見上げる。機嫌が悪いと背中にも表情が出る男だった。

「……」

光彦は黙って歩いている。その先に自分達の店はない。また別の店の偵察《ていさつ》かと、紫上は深く考えずに同じように黙って光彦の後ろから歩き続けた。

しばらく歩くと、見慣れぬマンションの前で光彦は歩調を弛める。低層のマンションで、そんなに新しくもない。ドアの前に立つと、インターフォン越しに源だと話していた。すると鍵の開く音がして、黒ずくめの服を着た女が顔を出した。

女はほとんど顔も上げずに軽く黙礼してそのまま出ていってしまう。紫上は女が足音も立てずに立ち去る様子を見送った。

「入れよ」

「何ですか?」

入り口は一見普通の住宅のように見える。けれど一歩入ると独特の雰囲気が漂っていた。玄関は電気がなくてほの暗い。燭台《しょくだい》に蝋燭《ろうそく》が灯され、異国のおかしな飾り物が壁を飾っていた。香でも焚《た》きこめているのか、嗅ぎ慣れない匂いが鼻をつく。

奥の部屋の入り口には、分厚い深紅《しんく》のカーテンが引かれていた。そこを潜《くぐ》り抜けるようにして入った紫上は、思わず眼鏡をきゅっと直してから周囲を見回してしまった。

SM趣味の人間のために、様々な道具を用意した部屋だ。

「こういった商売でも始めるおつもりでしたか」

天井から吊《つ》るされた鎖が、僅かな空気の動きに反応してちゃらんと鳴った。蝋燭の明かりが作り出す不気味な影が、深紅のカーテンに映っている。そのうちの光彦のらしい影は、早速手にした鞭《むち》を持って遊んでいる。

紫上はオブジェとしてもよく出来ている、先の尖《とが》った三角木馬と呼ばれる物を眺めてため息をついていた。

「ＳＭ関係は、クレーム処理が大変そうですよ。こういったものはそっちの趣味の人がやらないと、うまく経営出来ないんじゃないですか」

「…脱げよ」

子供のように鞭を振り回して遊んでいた光彦は、抑揚《よくよう》のない声でいきなり切りだした。

「冗談でしょう？　今は勤務中ですよ」

「明確に勤務時間を設定しているわけじゃない。何なら今から有休にしてやろうか」

光彦は皮肉な笑いを浮かべる。

「私にそういう趣味はないんで」

「そうか？　縛られたり、無理やりやられたりするのも、結構好きだろ」

紫上はきつく唇を噛んで、馬鹿野郎と叫びたいのを堪《こら》えた。

いつだってあんたがそういうシーンをお膳立てするんだろうと、非難を込めて言ってやりたい。けれどどんなことをされても、最後には昂奮《こうふん》して光彦を満足させてしまうのだから、自分にも落度はあると認めてはいた。

「紫上…俺に隠してることがあるだろ」

鞭を手にしたまま、光彦はすぐ近くに寄ってきた。腕の届く範囲にいたら、あっさりと言いなりになってしまう。紫上は後ずさり、何とかその腕に捕まるのを避けようとしたが遅かった。

逃げようとした紫上の眼前に、光彦はすっと鞭の先端を突きつけ、口元だけを歪《ゆが》めて笑っていた。

「正直に言えば、ここで綺麗に忘れてあげるよ」

「何も隠してることなんてありません」

「嘘が下手だ。何年一緒にいると思う。騙《だま》せると思っても無駄だぜ。表情のちょっとした変化で、嘘をついてるのなんてすぐにばれるんだからな」

「…何で嘘なんてつく必要があるんです」

「…どこに…行ってた」

ぴたぴたと鞭の先で頬を叩かれた。

光彦は本気だ。こんな時の光彦を相手にするには、紫上の体力はあまりにも足りなかった。

自分はジムで体を鍛え、タフであることを誇っている光彦だが、紫上には絶対そんな男臭い真似は許さない。あくまでも自分より弱い、綺麗な男が好きだからだ。

こんな日が来るのなら、こっそり空手でも合気道でもやっておけばよかったと思っても、もう遅い。獲物を追いつめた目をしている光彦の前からは、どうあっても逃げられそうになかった。

「浮気も許さないがな、もっと許せないことがある」

「……」

光彦は紫上の中から逃げようという気が失せたと知ると、さらに近付いてきてその肩を掴み引き寄せた。そして耳元に口を近付け、滅多に口にしない低音の恐ろしい口調で、紫上に向かって囁いていた。

「何だと思う？　裏切りだよ」

「裏切り…どういう意味です」

さらに光彦は紫上の眼鏡に手をかけ、すっと引っ張って外してしまう。乱視の紫上は眼鏡を取られてしまった途端に、世界が歪んで見えるようになってしまった。

「引き抜きだろ。どんな条件を出された。倍額のギャラか…または新しい男でも紹介してくれたのか？」

即座に否定は出来なかった。なぜなら本当に引き抜きの話はあったからだ。けれどそれはずっと前の話で、紫上はすでに断っている。

「それとこの部屋が、どんな関係があるんです」

「あるさ。紫上は頭がいいからな。嘘をつくのもうまい」

「社長に嘘をついたことなんてないですよ」

「そうかな。社長に嘘はつかなくても、源光彦には嘘ついてるだろ」

ますます光彦の声は低くなる。その手は紫上のスーツの上着にかかり、片方の肩側がゆっくりと外されていった。

「嘘をつけなくさせてあげるよ…。心に何も疚《やま》しいことがなければ、怖がる必要なんてないだろ。俺だって嘘がないとわかれば…酷《ひど》いことまでしないぜ」

それこそ嘘だと紫上は思った。これだけのセットが揃《そろ》っているのだ。光彦は違う意味で昂奮しているだろう。いつもはこんな手の込んだセックスなんて嫌だと言っているが、この状況だったら徹底的に楽しもうとするに違いない。

「社長…光彦。やめてくれないか。嘘なんてついてない。下手な嘘なんてすぐにばれる。それほど私も馬鹿じゃない」

「馬鹿じゃないさ。頭が良すぎて問題なんだろ。紫上が本音を晒《さら》すのは…セックスの時だけだ」

「そんなことはないっ」

どんな抵抗も無駄だった。光彦は紫上のスーツを脱がしにかかる。上着の次にネクタイを引き抜かれ、ズボンのサスペンダーが肩から下ろされていく。

その合間に光彦は、巧みに紫上の唇を塞ぐ。キスは荒々しく、紫上は最悪のセックスになりそうだと恐怖に脅えた。

「い、いやだ。激しいのは…辛いんだ。お願い、光彦。こういうのは好きじゃない」

「じゃどういうのが好きなんだ。いつもはクールにしてるけど、お前、一度昂奮し始めると手がつけられないいくらい淫乱だぜ」

「そ、そんなことないっ。ないんだっ」

「嘘は駄目だって言ったろ…もう昂奮してるくせに…」

光彦は紫上をさらに抱き寄せ、まだ脱がされていないズボンの上から股間《こかん》をしっかり押さえた。

「あっ、やっ、離せっ」

まだ昂奮していない。紫上はほっとしたが、光彦がそれで許してくれる筈もなかった。

「おかしいな。シャツ、脱いでごらん。乳首立たせてるだろ」

「ああっ」

シャツのボタン、パジャマのボタン、ジーンズのボタン。これまでどれだけの数、光彦の指は外してきたのだろう。動きはあまりに素早く滑《なめ》らかで、紫上は自分の前が完全にはだけるまで、気が付く暇もなかった。

「それじゃ特製の遊び場に移動するか。せっかくいろいろとおもしろいおもちゃがあるんだからな。遊びたいだろ」

「いやっ、いやだっ」

ほとんど引きずられるようにして、紫上は部屋の中央に連れていかれた。そこには天井から吊られたおかしな椅子とも呼べないものがある。ブランコと呼ぶ方が正しいのだろう。

「光彦、やめろっ。話し合えばわかることなのにっ。誤解だ」

紫上の言うことなど耳にも入らないのか、光彦はその手をブランコにつけられた革製の手枷《てかせ》に括《くく》り付ける。はだけたシャツを身につけたまま、さらに反対の手を括り付けられた紫上には、もう抵抗も逃亡も完全に不可能だった。

こうなってしまうと余裕のある光彦は、ゆっくりと時間をかけて紫上のズボンを完全に脱がせる。

靴下を脱がせるついでに、当然のように足にも足枷が嵌められた。

背中の部分以外は、ほとんど支えになるようなものはない。手枷も足枷も天井から吊るされた鎖に固定されている。それはリモコンで動かせるようになっていて、紫上は恥ずかしいほどの開脚姿勢を取らされていた。

「元気ないな。少し酒でも呑むか」

光彦はスーツの上着だけ脱ぎ、クラッシックな雰囲気の猫足テーブルに、紫上の眼鏡、自分の時計、そしてリングと並べて置いていく。テーブルの上には、氷と水が用意され、ブランデーのナポレオンがその横に置かれていた。

「しまった。炭酸がないなぁ。紫上は炭酸割りが好きなのに。言っておくべきだったな」

こんな時に酒なんてと、おかしな格好で吊るされた紫上は怨みがましく思う。呑んでる時間があるのなら、さっさとやるだけやって冷静に戻ってくれと言いたかった。

「ほら、呑むといい。って言っても、その格好じゃ呑めないか。ここは愛を込めて、口移しで呑ませてあげよう」

光彦の顔が近付いてくる。にやっと笑ったその口元、前歯の間にブルーのものが見えて、紫上は激しく首を振って抵抗した。

「い、いらないっ」

だが光彦の手は、無理やり紫上の顎を押さえ、頬をぎゅっと左右から握る。そうされるとどう

あっても口が開いてしまう。光彦はキスすると見せかけて、紫上の口にブルーの錠剤をねじ込んだ。細長い楕円《だえん》の錠剤。その気がない男でも、昂奮させてしまう噂《うわさ》の薬だ。続けて光彦は、反対の手に持っていたグラスから水割りを口に含み、紫上の口中に流し込んでいた。

「んんっ、んっ、んんっ」

焼けるように喉が熱い。飲み込まなければ済むと思っても、紫上の口の中が空になるまで、光彦は決して唇を離してはくれないだろう。

「んっ…んっ、くっ、んくっ」

思わず飲み込んでしまった。すると光彦は満足したのか、唇を離して残りの酒をゆっくりと味わって呑んでいた。

「さあって、紫上がどこまで耐えられるかな」

薬が効くまで待つつもりなのか、光彦は煙草を銜えてのんびりと椅子に座ってしまった。じっと見つめているだけで、それ以上何も仕掛けてはこない。紫上は悔しさに唇を噛みしめるしかなかった。

「浮気したか」

「し、してない」

「こんなことになるんなら、出掛ける前に押し倒すんじゃゃなかったな。勃ち具合で判断出来ないだろう。他の男に中出しさせるようなお前じゃないし」

「ば、馬鹿なことばっかり言ってないで、解いて。手が…痛い」

「いい格好だぜ。眺め、最高だよ」

椅子に座っている光彦の位置からは、紫上の恥ずかしい部分が丸見えになっている筈だ。視線だけで犯されている。いくら長い付き合いとはいえ、こんな屈辱的な体勢をいつもさせられているわけではないから、紫上の恥ずかしさも特別だった。

「それじゃ聞こう。引き抜きは…あったか」

「あ…あったけど、半年も前の話だ。それはもう断った。あの時ちゃんと話しただろ」

「うん。何だっけ、あんまり聞かない名前の会社だったけど、条件はよかったんじゃないか…。向こうは諦めたようには見えなかったけどな」

煙草を揉み消すと、光彦は大きな氷を一つ口に含んだ。しばらく舐《な》めていたと思ったら立ちあがり、再び紫上に近付いてくる。口から氷を吐き出すと、クリスタルのようにきらきら光る氷を蝋燭の火にかざす。

「そろそろ熱くなってきたか。冷やしてあげような」

氷は角が取れて、綺麗な楕円になっていた。それをそのまま光彦は、紫上のそこにあてがいゆっくりと押し込める。

「つ、冷たいっ…」

「冷たいのはお前の方だ。最近おかしいよ、紫上。俺にはわかる。いつだってお前は、俺を見る目が優しかった。こんな馬鹿な男だけどな。本気で愛してくれてるのはお前だけだって、俺が気が付かないとでも思ったか」

「あっ、ああっ」

下半身に封じ込められた氷の塊《かたまり》が、思わぬ刺激になっていた。それだけではない。薬に耐性のない紫上の体は、今飲んだばかりの薬の魔力によって、もう落ち着きを失いかけている。

「何考えてる。言いたいことがあるんなら、はっきり言ったらどうだ。いつだってお前は、自分の腹の中に収めちまう…。ついでにここにも、何でも収めちまうがな」

「あっ…あ…ああっ」

氷は紫上の内部で溶けて、床に水滴が滴り落ちた。足を閉じたくても、腰を支える部分がほとんどないのでうまくいかない。身を捩るたびに天井から吊るされた鎖が、じゃらじゃらと耳障《みみざわ》りな音を立てていた。

「んっ、あっ、ああっ」

「氷だと溶けちまうからな。物足りないんだろ」

「いやだ。もういい。嘘も隠し事もないんだから。降ろして…早く」

「再開発地域によく行ってるみたいだな。あそこには綺麗なホテルがある。それと…マンション。映画が特別好きってわけでもないから、映画を観になんて言うなよ。視察なら俺と行くだろ。なのにお前、何で最近あっち方面にこっそり一人で出掛けてるんだ」

紫上は驚いた。確かに新しく開発された地域に、何回か足を運んでいる。だがそれも仕事絡《がら》みで出掛けたついでとか、光彦が寝ているような時間にしか行っていない。

「こそこそと何やってる」

「何も…」

「してない。そう、いつまで隠しておけるかな」

濡れたそこに光彦は指をねじ込む。紫上の体を知り尽くした指は、迷わずに一番弱いポイントにすぐ辿《たど》り着いた。

「ああっ、やめ、やめてくれ」

「冷たいな…まだ氷が溶けきってない…もっと奥に入れてやろうか」

「んあっ、んんっ、やっ、つ、冷たい」

「その口は嘘つきだが、体は正直だな」

光彦は濡れた指を引き抜き、紫上のものの先端に触れる。膨らみ始めたそこは、紫上の心とは裏腹にもっと触れて欲しいというようにぷるんと揺れていた。

「これじゃますます薄口になっちまうぜ…」

「ああっ、あっ、もう…」

「もう待てない？　悪いが俺はとてもそんな気分じゃない。誰よりも大切にしてるお前に、裏切られたんだからな」

「ああっ…んっ、あ、熱い。体が…ああっ」

何かしたくても、手足の自由を奪われていては何も出来ない。疲れていても、まだ若い体は薬物に指示された通りに動きだす。そこは勢いよく立ちあがり、先端は蜜で濡れていた。

「氷だと溶けちまうしな。だったらこれがいいか」

微かな音がする。紫上は閉じかけていた目を開いて、そんなもの見なければよかったと悲鳴をあげていた。

「い、いやっ、いやだっ」

グロテスクなまでに怒張したものを象《かたど》った、人工の性器が揺れていた。せめてもの救いは、光彦の男としてのプライドからか、並はずれたというほどの大きさではないことだ。

「好きだよな…ここに何でも隠すのが。秘密もここに入ってるんだろ。あんまり調子に乗るなよ。相手はな。お前の能力を買ってるんじゃない。その頭に入ってる、うちの情報を奪いたいだけさ」

一度電源を切ったものを、ゆっくりと光彦は紫上の中に埋め込む。ゼリーで濡らされていたのか、それとも氷で冷やしたせいで感覚が鈍くなっているのか、痛みもなくそのものは深く紫上の中に突き刺さっていた。

「俺に愛想が尽きたか…。だったら寝てる時に、首でも絞めろ。その方がすっきりする」

光彦は再びスイッチを入れた。ブルブルと凶暴な動きが始まり、紫上は悲鳴にならないように叫びを飲み込んだ。

「んんっ、んんっ、あっああ…あっ」

「悪いが…気持ちいいだけじゃな。いたぶりにならないだろ」

光彦は洒落た革製の紐で紫上の根元をぐるぐると巻くと、ぎゅっと縛り付けてしまった。

これで紫上には快感と苦しみが同じだけ用意されたことになる。

秘密を言ったら楽になるのだろうか。紫上は涙を流しながら考える。

確かに秘密はあるのだ。

どうしてそんな必要があるのか。

別れるためだ。

なぜ別れなければいけないのか。

こんな変態野郎だからと言えればいいが、それならとうの昔に別れている。こんないたぶりは初めてじゃない。それ以外にも、恥ずかしくて二度と思い出したくもないようなことをいろいろとされてきた。

だがセックス以外では、光彦はやはり紫上にとって最高の男だ。一緒に暮らしている間、何度もこんなに幸せでいいんだろうかと思わせられた。

光彦はどこにいても華やかで、やはり一度身につけたスター性は消えていないと思う。なのに仕事では、平気で若い客にも頭を下げる。酔った客に酒を浴びせられても、黙って耐えるだけの忍耐力もあり、揉め事になれば体を張って紫上を守ってくれた。

プレゼントもこれまでに幾《いく》つ貰っただろう。客がしていた時計を何気なく褒めたら、翌日同じ物を紫上にプレゼントするような男だ。桜が見たいと言えば、眠らずに車を運転して、誰も来ないような山中の桜を見せてくれた。

そんな男だ。

愛していないわけじゃない。

愛しているからこそ、別れる必要があるのだ。

「ああっ…も、もう…痛い…解いて」

「言えば解いてあげるよ。どうする…」

「ひ、秘密なんてない…」

そう…あれは秘密ではない。別れるための演出だ。

夕人が十八になる。

それがすべてのキーワードだ。

何も聞かされていなければ、紫上も心から夕人の誕生日を祝えただろう。けれど紫上は以前、酔った光彦の口から聞いてしまったのだ。

どうして血の繋がらない夕人を、あんなに可愛がって育てたと思う。金をかけて磨《みが》き込み、男も女も近付けないように、大切に育てたのはな。大人になったら俺のものにするためさ。

冗談ではすまない。

光彦ならやる。

紫上にはどうしても光彦のあの言葉が、酔っていたからの戯《ざ》れ言《ごと》には思えない。夕人を四歳の時から、兄というよりも母のようにして育てた紫上としては、そんなことは絶対に許せることではなかった。

だが夕人も、光彦の気持ちを嬉しく思っていたらどうだろう。

二人には血の繋がりはない。光彦は自分ではふざけてパパなどと言うが、夕人には一度もパパとは呼ばせなかった。わざと光彦と呼ばせ続けたのだ。

光彦が若くて綺麗な男が好きなのは、紫上が一番よく知っている。紫上が初めて襲われた時も、同じ十八だった。

一度抱かれてしまうと、人間は変わる。今は親子のようにしている夕人も、光彦の愛欲の洗礼を受けたら、もう子供のように無心に紫上を見てはくれないだろう。二人は同じ男の愛人の座をかけて、ライバルになってしまうのだ。

そんなことといくら紫上が我慢強い男でも耐えられない。

光彦が本気だと思えるのは、小さい頃から夕人を過保護なくらい大切にしていたのを見てもわかる。体の傷どころか、心にも傷を負わせないように細心の注意を払って育てたのだ。

そのくせ光彦のずるいところは、公然と紫上を家に住まわせ、男同士でも愛人関係は成り立つということを、夕人の中に刷り込んでいたところだ。

夕人も大人になれば、光彦以上の男がそうはいないことに気が付くだろう。贅沢《ぜいたく》することを教えられ、何の不自由もなく育った夕人だ。光彦のもとを離れて、自力で今のような生活を手に入れるのは、難しいに違いない。

夕人がその気なら、紫上は消えるだけだ。光彦だってさすがに子供の時から大切にしていた夕人を、悲しませるようなことはしなくなるだろう。

自分好みに育てた夕人と暮らすあの家は、二人のスイートホームとなり、紫上の名前は寝室ではタブーとなるのだ。

「どうした。何で言えない」

「いや…いやだ…」

紫上は痛みと解放への渇望《かつぼう》で苦しみながら、それでも決して本心を明かさなかった。

パーティーの会場で光彦に恥をかかせる。プライドの高い男だ。そんな仕打ちをされたら、二度と紫上を許しはしない。

夕人が紫上のしたことを見て、少しは考えてくれればいいと願っていた。

無駄なことかもしれないが、綺麗に身を引くことが、せめてもの紫上の愛情だった。

「紫上…俺はお前を愛してるんだぜ。誰にも渡したくないんだ。わかってるだろ」

強情な紫上に痺《しび》れを切らせたのか、光彦は甘い声で囁きながら紫上の胸に指を這《は》わせる。軽く乳首を摘んでいたが、それがいつか強くなり、尖った乳首に爪が喰い込んでいた。

「ああっ、あっ、あっ」

あそこはもうぱんぱんになり、真っ白な紫上の肌でそこだけが異様に赤らんでしまっている。さらに縛り続ければ、体の方が異変を起こしそうだった。

光彦はそこからぶるぶるぶると震えている道具を、ずるっと抜き出す。けれどそれで紫上の体が元に戻るわけではない。

「それじゃ…こいつで聞き出すか」

いたぶられる紫上を見ているうちに、光彦も昂奮してきたのだろう。スーツを脱ぐと、紫上の前に見せつけるようにして素晴らしい裸体を晒した。

「ほ、解いて、もう、頼むから」

「腐らせるわけにはいかないもんな」

リモコンを操作して、立ったままそこが光彦の位置にちょうどよくなるように調節すると、紫上の足を引き寄せて光彦はまず自分のものをしっかりと収めた。

続けて革紐を解く。途端に勢いよく流れ出したものが、光彦の体を汚した。

「ああ、はぁっ、ああっ」

「どうだ、ブランコ遊びは。揺れ方が気持ちいいだろ」

「んっ…ああっ」

いってもまだ紫上は自由にならない。萎《な》えることもなく、体中の血液がそこに集中してしまったようだ。

「後で木馬にも乗せてあげようか。いいぞ…あそこにさっきのバイブを埋め込んで、木馬に揺られたら、気持ちよくてたまんないだろうな」

「んんっ、あっ、ああっ」

紫上の頭の中は真っ白になっていく。もう何も考えられなくなっていた。

けれど意地が、紫上の口から別れ話を封印させていた。

小さかった夕人の姿が心に浮かぶ。幼稚園に迎えに行くと、両手を拡げて駆け寄ってきた。あの絶対的な信頼感が励みになって、両親の事故死の悲しみを紫上は乗り越えられたのだと思う。

紫上も光彦とは違った意味で夕人を愛している。だからこそ夕人には幸せになってもらいたい。

光彦だって夕人には、こんな過酷な責めなんてしない筈だ。夕人だったら一分も保たずに泣き喚《わめ》き、失神してしまうに決まっている。

心がタフなのは、体がタフなやつの相手をするのにちょうどいい。

そう思って頑張ってはいるけれど、紫上も限界寸前だった。

スクーターで学校から帰る時、夕人は周囲につい目を配るようになってしまった。あの日のリンゴ男を捜しているのだ。

坂の下から歩いてきて、そのまま上っていった。だとしたら近所に住んでいるのかもしれない。もう一度彼に逢ったからって、それでどうするつもりもなかった。あるのはまた見たいという、子供じみた要求だけだ。

光彦はああいったタイプの男を、夕人には決して近付けない。友達として認められるのは、勉強ばかりしているような優等生タイプか、拘《こだわ》りの世界を持つオタクタイプだけだ。音楽をやっていたり、演劇を志すようなやつは駄目で、決定的なのはスポーツマンだった。

どうしてスポーツマンは駄目なのかと聞くと、頭が悪いとあっさりと言われた。だが一流のスポーツマンには、頭のいいやつが大勢いる。光彦の知り合いのプロスポーツ選手が、みんな頭が悪そうかというととんでもなかった。

考えられる理由はただ一つ。光彦は自分のような体つきの男に、ライバル心を持っているからだ。若くて優れた肉体は、それだけでも美しい。努力しないと若さも美しさも維持出来ない年頃になって、光彦は若いというだけで優位になれる彼らの存在に、腹が立って仕方ないのだ。

友達くらいは自分で選びたい。大人に近付けば近付くほど、夕人にだって強い自我が芽生える。

同年の友達に比べて自分がずっと幼く思えるのは、あまりにも過保護に育てられたせいだと、夕人自身が一番よく知っていた。

少しは自分を変えたくて、光彦に内緒で遊んでいるような連中と付き合ってみたこともある。だが友達とも呼べないような連中何人と付き合っても、夕人が変わるようなことはなかった。

この日もリンゴ男を見つけられないまま、夕人は自宅に帰り着いてしまった。来年受験なので、家に帰ったら勉強以外にすることはない。どんな大学だって、コネを使って裏から入学させてやると豪語するわりには、光彦は受験勉強をやらせたがる。勉強さえしていれば、悪い遊びを覚えないと思っているようだ。

スクーターを歩道に乗り上げないと家に入れない。門の中に入れようと停車していたら、坂下から真っ黒なバイクが走ってくるのが見えた。排気量もある大型のバイクで、黒のライダーズジャケットを着込んだ大柄な男が乗っている。

フルフェイスのヘルメットをしているから、顔まではわからないがあまりにも決まっているので思わず見とれてしまった。バイクはそのまま行き過ぎるのかと思ったら、なぜかいきなりシフトダウンして、歩道に寄って停まった。見ていたのがいけなかったのかと、夕人は緊張してしまう。

夕人の知り合いにこんなバイクに乗っているやつはいない。光彦の知り合いかと思ってじっとしていたら、ライダーはヘルメットを外してその顔を夕人に見せた。

「ようっ！」

リンゴ男だった。夕人は思わず微笑みたくなるのを堪えて、あんた誰といった顔をして見せる。誰にでも気安く笑いかけるんじゃないと、光彦に教育された成果だった。

「今日はリンゴねぇの」

「ないよ…」

じっと見つめられているだけでどきどきしてしまう。いきなりキスを奪われた時に触れた、唇の感触を思い出してしまったからだ。

「学校終わったんだろ」

「…まぁね…」

手にしたバッグを見れば、学生だというのはすぐにわかってしまうだろう。いや、それ以前に年よりは幼く見える外見のせいで、誰から見ても高校生なのはばればれだ。

いつもはそんなこと気にもかけないのに、夕人はなぜかリンゴ男には大人に見られたかった。通っている高校は私服だから、せめて大学生に見て欲しかったが、どうあっても無理がある。

「乗らねぇ?」

リンゴ男はそれとなくバイクの後部座席を顎で示した。

「…何で?」

「俺、最近こっちに出てきたばっかりなのよ。どこに何があるんだか、ぜーんぜんわかんねぇ」

「そうなんだ…」

どうりでこれまで見かけなかった筈だ。こんなに強烈な印象の男だったら、一度見たら忘れることはなかっただろう。

「うまいもん喰わせてくれるとこ知らねぇかな」

「知ってるけど…」

三歳からこの街で育っていた。それ以前に住んでいたパリのアパルトマンのことはよく覚えていない。今ではフランス語も片言程度しか話せなくなっていた。

けれどこの街のことなら何でも知っている。

「何が食べたい？」

「…リンゴ…」

リンゴ男はにやっと笑った。その顔を見ているだけで、夕人の下半身は変化を起こしそうになる。男に対してそういった感情を抱くのは不自然じゃない。そう教え込まれていたから、素直に夕人はリンゴ男の視線だけで感じてしまったのだ。

「果物屋かスーパー行けば」

わざと冷たく言ってみせる。

お高くとまるって意味わかるか。安売りしないって意味だよ。夕人はな。誰よりも価値があるんだ。賞味期限切れのケーキみたいに、自分を安売りするなと、光彦にしつこく吹き込まれていたからだ。

「果物屋もスーパーもわかんねぇ」

「自分で探せばいいじゃない…」

名前も知らないリンゴ男。そんなやつについていったりしたら、光彦が狂ったように怒りまくるのはわかっていた。紫上がいればうまく誤魔化してくれるのだけれど、いったい何があったのだろう。紫上の姿はここ二日ほど見かけていない。

どうせまた光彦の浮気が元で喧嘩をしているのだ。紫上は喧嘩した時にいつもするように、近くのビジネスホテルから仕事に通っているのだろう。そのせいでか光彦も元気がないようだ。

紫上がいると、あの家も平和だけれど、いないと光彦の存在が夕人にはうざい。あまりにも夕人に干渉し過ぎるからだ。幸い光彦は夜の七時には家を出てしまうから、ほんの数時間我慢すればいいだけだったが。

「東京のやつらって、冷たいのな。それとも俺、怖そうに見える?」

「見える…」

おかしな色の髪。耳に幾つものピアス。ライダーズジャケットの下の胸ははちきれそうで、黒い手袋を嵌めた手は大きかった。

「そっか。じゃ、諦めるか」

リンゴ男はあっさりと諦めたようだ。そのまま立ち去るのかと思ったら、バイクのスタンドを立てて降り立つと、夕人のスクーターをひょいっと持ち上げて、門の中まで丁寧に入れてくれた。

「ありがとう…」

「ん…ベスパ？　可愛いよな、こいつ」

「うん。気に入ってるよ」

二人は何となく別れがたくて、YUTOとペインティングされたスクーターを見下ろしていた。

「ゆうとって…お前の名前？」

「そう…あんたは」

「将。将軍の将の字」

「僕は夕方の人…って字」

そこで話すことはなくなってしまった。将はそのまま去ろうとする。夕人はどうしようかと思ったが、その背中に向かって叫んでいた。

「待って。バッグ、置いてくるから」

将は顔だけ振り向けて、黒手袋をした手の親指をくいっと上に上げていた。

その横顔を見ているだけで、胸がきゅんと痛んだ。

夕人の世界には、これまでこんなタイプの男は一人もいなかった。いても光彦が近付けなかったのだろう。

ワルっぽい雰囲気がするけれど、頭が悪そうには見えない。セクシーなのに、この辺りで見かける男達のように自分を意識し過ぎていないのが新鮮だった。

「なぁ、あそこって昇れるの」

将は背後に見える東京タワーを示して聞いた。

「昇れるよ。一番上が展望室になっていて、真ん中のとこにはお土産とか売ってるみたい」

「みたいって、行ったことないのかよ」

「…そういえばない…」

いつもその脇を車で通り抜けたりしているのに、夕人はまだ一度も東京タワーに昇ったことはなかった。中学の時、体育の日に東京タワーの階段を上るイベントがあると聞いて、友達と参加したいと言ったら光彦に即、却下された思い出があるくらいだ。

あんなに近いのに、一度も行ったことがないというのも不思議だった。

「行かねぇ？」

「東京タワーに？」

「俺、高いとこ好きなんだ」

夕人を東京タワーに誘った男は、これまで一人もいなかった。あんなとこ何しに行くのと、夕人の遊び友達なら馬鹿にしたように笑うだろう。彼らにとって今一番新鮮なのは、再開発された地域なのだから。

夕人は玄関をそっと開き、まだ寝ているだろう光彦に気付かれないように、バッグを玄関脇のクロゼットに隠した。そして携帯と家の鍵、それと財布をポケットに突っ込んで、音を立てないように注意してドアを閉めた。

すでにバイクに跨《また》がっている将に近づく。さりげなくバイクのナンバープレートを見たら、福岡ナンバーがついていて夕人は驚いた。

「福岡？　あんな遠くから来たんだ」

「遠くもないさ。日本は狭いからな」

日本が狭いと将は言う。夕人にしてみれば、この東京だって十分広く思えるのに。

「東京はもっと狭いよ」

「どこがおもしろい？　どこでも連れてってやるから、行きたいとこ言えよ」

「東京タワーでいい…。知ってる？　十二時になると消灯するんだ。その瞬間をカップルで見るとね。うまくいくんだって」

どうしてそんなことを、見ず知らずの相手に口走ったのだろう。夕人は自分が物欲しげに見えはしなかったかと、将の返事も待たずに後部座席に座っていた。

東京タワーの側にある、蝋人形館に初めて入った。将が大受けしていたので、夕人も何だか楽しい場所に来たように感じていた。

ロンドンにあるマダム・タッソーの蝋人形館に行ったこともある。あっちの方がずっと洒落ていたけれど、その話はあえてしなかった。それよりも将が時々ぼそっと口にする、シニカルな感想を聞いている方がずっとおもしろい。

陽が沈みきる前に特別展望台に昇った。真っ赤な夕日がふるふると震えながら、西側に位置する霞《かす》んだ山並みの中に飲み込まれていく。反対の東側、海の方ではすでにレインボーブリッジのライトが灯り、街にはフルーツキャンディーのような色とりどりのネオンが、瞬《また》きを繰り返していた。

「あっちが新宿《しんじゅく》…こっちが国会議事堂。横浜《よこはま》は…」

夕人が指で方向を指すと、将はその肩に手を置いて、わざと顔を下げて夕人の手の先を見る。息がかかるほど近くに顔があるだけで、夕人はどきどきしていた。

「で、夕人はいつもどこでデートしてんの」

「六本木からあんまり出ないよ。たまに渋谷《しぶや》とか行くけど」

小さな嘘をついた。デートと呼べるようなものをする相手はまだいない。遊び友達と恋人との違いくらい、夕人だって知っている。

「カノジョどう？　可愛いのか」

言われて夕人は思わずきょとんとしてしまった。夕人にキスするくらいだから、当然将もそっちの趣味なんだろうと勝手に決めていたのだ。

恋人といったら女だろうと思っているからには、将にはその気が全くないのだろうか。ただ地元の人間と知り合いになりたかっただけなのかと知った途端、夕人は泣きたいほどがっかりしてしまった。

やはり光彦の教育は間違っているんだと実感した。世の中のほとんどの人間は、男だったら女と恋愛するものだと思っている。女の子に誘われたことだって何度もあるのに、付き合いたいと思ったことのない自分が悲しかった。

「可愛いよ。モデルやってる。僕より少し背が高いんだ」

また嘘を重ねた。

プライドの高い夕人としては、ただの観光ガイド代わりにされたと思うと悔《くや》しいが、その悔しさを知られる方がもっと嫌だったのだ。

「カノジョの友達、紹介してあげようか。クラブによく踊りに来てるんだ。モデルの子みたいな派手なの好き？　ショップでバイトしてる子も、派手な子多いよ」

光彦が経営している店に、友達連れでこっそりと深夜に行ったことが何度かある。紫上に言えば無料で入れるチケットをいつでも手に入れられた。みんなと踊るのは好きだけれど、その中の誰かをそのまま自宅に連れ帰ったことはないし、翌日デートしたこともない。

携帯に意味のないアドレスは山ほど残ってはいるのだが。

「今度踊りに行こうか。チケット、手に入るからさ」

チケットをあげる。有名人と知り合い。金をいつも持ってる。見た目がいけてる。洒落た会話が出来る。今の話題が豊富。それだけの条件をクリアすれば、あの街ではいつでも友達が作れる。将もそんな相手を捜していただけだと、夕人は勝手に思い込んでいた。

「タレントが遊びに来るとことか、よく行く焼肉屋とかも知ってる。連れてってあげようか」

「そういうとこって高いんだろ」

「お金の心配しなくていいよ。バイク乗せてくれたから、奢《おご》ってあげるからさ」

あんなに光彦に自分を安売りするなと言われても、やっぱり夕人だって寂《さび》しいのだ。夜は無人になってしまう家にいるより、名前しか知らない男と遊んでいる方がずっと楽しい。

「どこに行きたい?」

「なぁ、あんまり無理すんじゃねぇよ。俺はそんなつもりで誘ったんじゃないんだから」

将はそう言って、夕人の肩に腕を回す。

「だったら女の子呼ぶ。まだ早いかな。メールしてみよっか」

夕人は携帯を取り出す。並んだアドレスの中には、顔写真付きのが幾つもあった。

「どんな子好き?」

「んっ…」

夕人の手から携帯を奪うと、将は素速く夕人を撮った。その画面を確認すると、すっと夕人の前に差し出して携帯を返す。

「こんなの…」

夕人が戸惑うと、将はまた笑った。

「飯食いに行こうぜ。景色がいいとこがいいな。お薦《すす》めは？」

肩を抱いたまま将は歩きだす。夕人にはもう悩んでいる時間はなかった。

そのまままたバイクに乗ってレインボーブリッジが真っ正面に見える、眺めのいいレストランに向かった。

おかしな恋が始まろうとしている。こんな男に本気になってはいけないと冷静に諫《いさ》める自分がいて、同じようにこんな男とならどうにかなってしまいたいという、危ない自分がいた。どっちが勝つか、夕人にもよくわからない。

レストランで将は手袋を外すと、ライダーズジャケットのポケットからシルバーのリングを取り出す。それを儀式のようにして、左右の手の指に嵌めていった。

夕人は手を伸ばし、そのうちの一つを手にして嵌めてみる。中指に嵌めても大きすぎた。

「こういうの好きなの？」

「殴り合いになった時に、武器代わりになんのさ」

こんなものを嵌められた手に殴られたら、半端ではなく痛いだろう。

「女の子殴ったりしたら最低だよ」

「安心しな。誰にでも手を出したりしないから」

「だといいけど」

そろそろ本格的自己紹介の時間だ。将が何か言いだすのを夕人は待ったけれど、何も個人情報は教えてくれない。何をしているのか、恋人はいるのか、知りたいことは聞けずにただ当たり障りのない話ばかりしている。

煙草はマルボロ。シルバーのアクセサリーが好き。趣味は車とバイク。それくらいしか聞き出せない。

「もしかしたらさ。車の雑誌で仕事貰えるかもしれないんだ。親父は東京で商売を勉強してこいって言うけど、この俺に商売なんて向いてると思う?」

やっと聞き出せた個人情報は、その程度のものだった。

「将のお父さんってどんな人なんだろう。優しい?」

「鬼みたいなやつ。気が強くってな。怒りだすともうとまんねぇの。親父って言葉が、あれほど似合ってるやつはいないぜ」

「怒られるんだ」

「怒られるようなことしかしねぇ俺も悪いんだけどな。こっちに出てくる前も、派手に殴り合いの喧嘩をしてきたんだぜ。いい年なのに、負けてねぇからむかつくんだよ」

父親は怒るものだ。殴り合いなんてしてくれるのは羨《うらや》ましい。光彦は決して夕人を殴ったりはしない。あくまでも言葉でじりじりと追いつめていくだけだ。

夕人、そんなことすると俺が悲しむとわかっててやるのか。あんまりだよ、夕人。こんなに愛してるのに、お前にどうやって愛を伝えたらいいんだなんて、何か悪いことをする度に言われるのでは、面と向かっての反抗もしづらい。

「仕事なかったら福岡に帰るの？」

「何でそんなこと聞くんだ」

将は夕人を見ている。その顔には、どうしてこんな自分に興味なんて持つんだと、知りたがっている様子が窺《うかが》われた。

「せっかく友達になれても…すぐにさよならするんだったら、意味ないじゃない」

「友達ってのになりたくはねぇな」

あっさりと将は言ってくれた。

ころころと気分の変わる男なのだろうか。ついさっき、好みのタイプは夕人だとふざけていたと思ったら、もう友達にはなりたくないと言う。

夕人は深く傷つき、運ばれてきた料理を口にすることも出来なくなっていた。

どうして誘われてほいほいとついてきてしまったのだろう。後悔してももう遅い。

たかが一回のキスで、舞い上がってしまった自分の幼さを夕人は憎んだ。そんな時にはみんな光彦のせいだと恨みたくなる。愛されているかもしれないが、いつまでも子供扱いされてきたせいで、こんな些細《ささい》なことで傷つくことになってしまう。

光彦は決して夕人を悲しませない。言うことを素直に聞いていればという条件付きで、優しくされているだけだが、その心地よさに慣れてしまった身には、将の気まぐれな言動に振り回されるだけで痛かった。

「喰わねぇの？」

「食欲ないんだ…」

お前のせいだぞと、子供みたいに泣き喚いてみせたい。それをしないだけ、少しは大人になったということだろうか。

「あーん、しろ。ほらっ、あーん」

いきなり将は夕人の前に、フォークに刺した料理を突きつけた。

「よ、よしてよ。ガキじゃないんだから」

「食べろよ。お前、何が気に入らないのか知らないけどさ。そういう顔をするもんじゃねぇよ」

「こういう顔なんだよ。気に入らないんなら、見なければいいだろ」

「怒るとすーぐ顔に出る。せっかく二人で楽しく飯喰おうと思ったのに」

「友達にもなりたくないくせに…」

子供時代だったらここで、めそめそと泣いていただろう。泣けば問題は片づいた。十八を目前にして、また同じことをしたくないと思っても、夕人の心はもろいガラス細工のように壊れやすい。

「お前の言う友達なんかになりたくねぇよ。奢ってもらったり、女紹介してくれたりするのが友達なんだろ。俺はそんなのいやだね」

「じゃ、じゃあ、どうしたいんだよ」

「俺のことをじっくり見て欲しいだけさ。それで気に入らないんなら、今度会ったらシカトしていいから」

ますます夕人は混乱する。

もしかして将は、夕人が思う以上に関心を持ってくれているのだろうか。

「あーんしろ。食わないと…ここでまたキスしちまうぞ。それでもいいか」

「た、食べるから」

夕人は思い切り口を開いてみせた。形のいいふっくらとした唇が開き、歯科矯正《きょうせい》された真っ白で綺麗な歯が覗く。

そこにフォークに刺された料理が飲み込まれていく。

俺って存在を飲み込めよと言われたようで、夕人の心はまたもや振り出しに戻っていた。

もう少しで家に帰れるというのに、将はまた東京タワーのすぐ近くでバイクを停めた。時間は午前零時に近付いているというのに、東京タワーの下には帰れない恋人達が肩を寄せ合って、オレンジ色にライトアップされた電波塔を見上げていた。

「消えるまでいようぜ」

将は堂々と夕人の手を引き、公園の樹木の陰へと連れていく。そこにはすでに先客が何人かいたが、将の様子を見て恐れたのか、それとなく場所を譲ってくれた。

木に凭《もた》れて、消灯の瞬間を待つ。将は自然な感じで夕人をすっぽりと抱き締めていた。

ライダーズジャケットに包まれた、逞しい体をいやでも意識させられてしまう。夕人の戸惑いはとうに伝わっているのだろう。その手は遠慮なく、夕人の体を必要以上に触り始めていた。

「駄目…」

手をどけようとしても無駄だった。手袋を外して現れた手は、口よりも雄弁《ゆうべん》に欲望を物語っている。夕人は手でくまなく味見されているようだ。なのに将の口は、何も肝心なことを話してはくれなかった。

「よせよ…」

払いのけようとした手は、そのまま将に捕まれてしまう。それがすっと下半身に下ろされて、夕人は生まれて初めて他人のその部分を握らされていた。

男なら気持ち悪がれ。そう教えられていたなら、馬鹿野郎、この変態と叫んで逃げ出していただろう。残念なことに夕人は、ディープなキスを息子にも平然とする父親に育てられた。しかも光彦は夕人が目の前にいても、愛人の紫上に毎日のようにセクハラもどきの行為を仕掛けている。

男が男に触れるのは、愛情からだと夕人は認識していた。

だとしたらこれは、間違っても変態行為ではなく、愛情から行われた行為だということになってしまう。

「…駄目だって言ってるのに…」

「怒ってないだろ。顔見てればわかるぜ」

そう言われれば確かに、怒っているとは言い難かった。

触らせたり触ったり、周囲の目を意識することもなく、いつか二人は二人だけの世界に入っていった。

その時、木々の間から覗いていたオレンジ色の光が、すーっとかき消えてしまった。

小声で囁いていた恋人達はいっせいに沈黙する。

愛を誓うからには、約束のキスが必要だからだ。

夕人も将と唇を重ねていた。恋人同士にもまだなっていないのに、二人はキスしてしまった。

この恋が本当に成就してしまったら、夕人はどうするつもりなのだろう。

「俺の部屋に来ない？」

甘かったキスが終わった途端に、もっと甘い誘惑が待ちかまえている。将は押し殺した声で、夕人の耳元で囁いた。その声には明らかに欲情している様子が感じられる。

夕人はそこでやっと踏みとどまった。

「ううん…今夜は帰る」

「どうして」

「十八の誕生日になるまで…そういうことはしないって決めてるんだ」

「カノジョとはやってるんだろ。俺とは嫌だっていうんなら、はっきりそう言えよ。そうしたら二度とキスなんてしないから」

何度でもキスして欲しかった。けれど悲しいことに、幼い頃から言われ続けていることはしっかり体に染みついていて、夕人をこんな場面でもいい子にしてしまうのだ。

「誰ともまだしたことないよ。親に厳しく言われてるんだ」

「…男とはしないんならそう言えばいいだろ。俺だっていつも男相手にこんな馬鹿なことしてるわけじゃないんだぜ。お前のリンゴ食べたせいで、お前まで喰いたくなっちまったのさ」

将はさらに濃厚なキスをしてくる。ここでやってしまってもいいかと思ってでもいるのか、手は乱暴に夕人のそこをさすっていた。

「お願いだ…誕生日、三日後なんだ。だからそれまで待って。お願い」

「そんなに都合のいいことってあるもんか。どうせ三日経《た》ったら、俺のことはシカトすんだろ」

「三日も待てないやつなんて、僕はいらないっ！」

思い切り強気に出てみた。するとそれまで攻撃的だった将の態度が変わった。

「待ったら欲しくなるか？」

声に苛立ちが消え、心持ち優しさが増している。夕人は薄暗い中でじっと将を見上げて、東京のシンボルの前で誓ってしまった約束を実行しようと決意していた。

「待ってくれたら…考えてあげる」

「あげるか。ゴーマンなんだな」

「そっちは強引だろ」

将は低い声で笑うと、夕人の首筋に唇を押し当ててかなり強く吸った。

吸血鬼みたいなキスは、すぐには消えない印《しるし》を夕人の体に残す。それは二人の契約の印だった。

「誕生日の夜に迎えに行くよ。その気があるんなら電話しな」

ジャケットの胸ポケットから、将は夕人の携帯を引き抜いた。そしてさっき撮った夕人の写真を、そのまま自分の携帯に送っていた。

「この番号だから。消したかったら消してもいいけど、俺の方はもう残ってるから」

お前だけ逃げたくても、もう駄目だよと将は迫《せま》る。本当に三日経っても将の気持ちに変化がなければ、夕人はそのまま連れ去られてしまうのだろう。

家に戻ったのは深夜一時近かった。こっそりと玄関を開いたら、男物の靴がある。光彦がいつもなら仕事の時間なのに、こっそり帰ってきたのかと青ざめてしまった。

こそこそっと二階に上がろうとしたら、すでにバイクで帰ってきた音が聞こえていたのだろう。リビングのドアが開いて、顔を出したのは紫上だった。

「夕人…反則だよ。門限は十時だろ」

「ごめんなさい。友達とちょっとね」

「踊りに行ってた？」

「違うよ…話してたらこんな時間になっちゃって。僕だって普通の高校生だからさ。いろいろと付き合いがあるの。それより紫上さん、また光彦と喧嘩した？」

紫上は仕事中なのか、まだスーツを着たままだ。なのにリビングには大きなガーメントバッグと、紙袋の大きなものが二つもあって、紫上が荷物を持ち出そうとしているように見える。

「旅行なんて行かないでしょ。その荷物何？」

「クリーニングさ。余計な心配しなくていい」

「家に帰ってきてないんだもん。喧嘩したんじゃないの」

「喧嘩かな…喧嘩とも違うような気がする」

「やだぁ、喧嘩なんてしないでよ。光彦だけだとマジでうざい。僕の顔見てる時、ずーっとつまんないことばっかり話しかけてきて。聞いてやんないとキレるし」

「夕人ももう大人になるんだ。これからは私がいなくても、ちゃんと光彦の相手をしてあげるんだよ。彼にとっては、君が何よりも大切なんだから」

「…何…その言い方って…ここ出ていくみたいじゃん」

夕人は不安になってリビングを見回した。メイドサービスが来ているので、部屋は綺麗に片づいている。今日は誰もこの家で食事しなかったのか、キッチンにグラス一つ転がっていなかった。いつもなら微かに残っている、料理の匂いもしない。

紫上がいれば、コーヒーを必ずいれる。コーヒーの香りも残っていないなんてことは、滅多にあることではなかった。

「もうすぐ僕の誕生日だよ。毎年やってるみたいに、馬鹿みたいな大騒ぎをしなくっちゃいけないんだ。光彦が酔っぱらって、僕に抱き付いて。たくさんのゲストの前でさ。大恥だよぅ。来年からはもうあんなのしなくってていいよね」

「来年からは…二人でお祝いすればいいさ」

「二人って誰と?」

どう考えても今夜の紫上はおかしい。いつもなら必ず三人といった言い方をするのに、二人ということは自分がいなくなることを、それとなく夕人に告げているつもりだろうか。

「夕人の恋人と二人っきりで祝うんだ。あと三日で…君はもう大人なんだから…」

恋人と言われてすぐに将を思い出してしまった。来年にもまだ彼は、夕人のことを欲しがってくれるのだろうか。先のことなんてわからない。十四年も一緒に暮らしていても、絶対に別れないという保証はどこにもないのだ。

「紫上さん…今夜少し変だよ。光彦も苛ついてるし。二人ともどうしちゃったの。パーティーが嫌なら、嫌って言ってよ」

本気で夕人は紫上のことを心配していた。父親の愛人というより、夕人にとっては実の兄のような存在だ。いい加減な父親に代わって、夕人を育ててくれた大切な紫上の心が沈んでいる。そう思うだけで悲しくなる。

「誕生日パーティーには出るから心配しないでいいよ。プレゼントも用意してある。楽しみにしてくれ」

笑顔を浮かべてはいるが、紫上は元気がない。明らかに何か悩みを抱えているのだ。

「紫上さん…僕、もう大人だよ。話を聞いてあげることは出来ると思うんだけど」

「…大人だったら、これからは何でも自分の意志で決めるんだよ。その代わり責任も付いてくるっていうことを忘れないように」

「うん…」

「光彦が戻ってきたらまずいだろ。早く自分の部屋に戻りなさい」

「わかった」

ヘルメットを手に、夕人はリビングを出て自分の部屋に戻ろうとした。その背中にまた紫上の声が追ってきた。

「夕人…その…大人になったんだ。プライバシーを守りたかったら、部屋に鍵をつけるといい」

「鍵？」

そんなことこれまで一度も言われたことがないので、夕人は驚いたように紫上を振り返った。

「君の選んだ人だけを、部屋に入れるようにするんだ…。誰にも勝手に自分の領域には踏み込ませない。それくらいの強い気構えでいなさい」

「よくわかんないけど、わかるように努力するよ」

部屋に鍵をつける。そんな必要はこれまで考えたこともなかった。守るべき秘密なんてなかったし、光彦に隠し事をするなんて考えもしなかったのだ。

何だか釈然としないまま、夕人は自分の部屋に戻った。電気をつけて、ぼんやりと部屋の中を見回す。

パソコン、オーディオ、テレビに各社のゲーム。ビデオにＤＶＤ。全巻揃った人気コミックス。話題になったグッズ。有名プロスポーツ選手のサイン入りポスター。

子供が憧れ、欲しいと思うようなものはすべてここにある。

クロゼットには服とシューズが溢れ、テニスラケットにスノーボード、サーフボードにゴルフクラブまであった。

行きたいと言えばどこにでも光彦は連れていってくれる。スキューバをしたいと言えば、沖縄《おきなわ》に三日間。サーフィンと言えばハワイ。スキーかスノボと口走れば、北海道《ほっかいどう》だ。

子供時代の夏休み。泳ぐのが大好きになった時がある。毎日泳ぎたいと言ったら、六本木プリンスホテルのプールに、それこそ毎日行かせてくれた。

お金が幾らかかるかとか、夕人はこれまで考えたことがない。したいと言えば、何でも叶うのが当たり前だったのだ。

十八になったら免許を取りたいと言ったら、光彦はすぐに行かせてくれるだろう。そして車の販売業者を呼びつけ、好きな新車を選べといつものように言うのだ。

泣いてわがままを言えば、何でも手に入る。

けれど夕人が愚《おろ》かではない証拠に、それだけで幸せなのかなと疑問に思えるようになってきた。

このままでは光彦に依存しないと、生きていけないようになってしまう。金銭的な問題だけじゃない。甘やかされ、溺愛《できあい》されることに慣れてしまうと、自分に対して優しいばかりじゃない世界に、飛び出していく勇気も萎えてしまう。

光彦以外に誰もいない世界に生きてるわけじゃない。

夕人にだって夕人の世界がある。

突然乱入してきた、リンゴ男こと将のことを考えた。彼に惹《ひ》かれたのは、外見や雰囲気もあるけれど、これまでの自分の世界に全く存在しなかった男だからだと思う。

光彦が許した友達や、有名人に知り合いがいるからと媚《こ》びてくる連中とは違う。

将は夕人の外見でまず誘いかけてくれ、一緒に数時間を過ごすうちにもっと深く付き合いたいと示してくれたのだ。彼を手に入れたのは、光彦のおかげじゃない。すべて夕人自身の魅力によって、あの危なくて魅力的な男を振り向かせた。

「鍵つけようかな」

独り言を呟きながら、夕人はベッドの上に座る。窓の外からバイクのエンジン音が聞こえて、ふっと予感がしてまたベッドを飛び降りた。

そっとカーテンを開き、外の様子を窺う。ついさっき別れたばかりの男が、エンジンをアイドリングさせたまま、じっとこの部屋を見上げていた。

「あっ…」

街灯に照らされた、真っ黒なバイクに跨ったその姿を見ているだけで、胸も下半身も熱くなる。

夕人は気が付いたよと知らせるつもりで、窓を開いて大きく手を振った。

その姿を見つけた将は、安心したのか軽く手をあげただけで走り去ってしまった。

光彦は生あくびを噛みしめた。いつもはこんな早い時間に、本社に入ったりはしない。なのに今日は午後の陽も明るいうちに、たいくつそうに椅子に座って煙草をふかしていた。

今日は面接があるのだ。そんなことは島田部長にすべて任せておけばいいのだが、出てきたのには理由がある。

紫上が家に帰らない。いつの間にかクロゼットから服が何着か消えていた。仕事には出ているが、どうやって調べているのか、光彦の目の前には決して姿を現さなかった。

「島田…丘部は?」

「専務ですか。まだご出勤してらっしゃいませんが」

「何で」

「そうおっしゃられても…わかりかねますが」

口にこそ出しては言わないが、島田は内心また痴話ゲンカかと呆れているのだろう。

二人が喧嘩するのはいつものことだ。光彦が浮気して、紫上が呆れてしばらく冷戦状態が続く。どうやって機嫌を取るのか、数日するといつの間にか仲直りする。それが年に数度繰り返されるのがこれまでのパターンだった。

困ったなと島田は思う。紫上に冷たくされている時の光彦は扱いにくい。いらいらしていて些細なことですぐに機嫌を損ねた。

そんなに大切なら、もっと大事にしてやれよと島田は思う。家庭や家族を大切にしている島田から見ると、光彦のやっていることはわがままな子供そのままだ。一緒にバンドをやっている時には、カリスマ性のあるスターなんて、みんなどっか常人と違ってるもんさと思えたが、光彦も今では立派な実業家だ。もっと大人の処し方があるだろう。

高校生の頃から紫上を見てきた島田は、彼は利口な男だと思う。光彦の欠けている部分を補って、ここまでの男に仕上げたのは紫上の力が大きい。もし紫上に去られたら、光彦がどうなってしまうかと島田は危惧していた。

「社長…専務と何かあったんですか」

「引き抜き…島田、お前もその話あったら、正直に言ってくれ。どこも人材不足だからな。だが大手のやつらが欲しいのはノウハウだけだ。必要なものだけ盗んだら、後はもう用なしだ。捨てられるに決まってる」

「待ってください…専務、引き抜かれてるんですか」

島田の顔色が変わった。正直言って、今、紫上に抜けられたら、光彦の会社はがたがたになってしまう。実際にすべてを統率しているのは、紫上だと言えるからだ。

「だろうな…。金は稼げるが、所詮《しょせん》ここは小さな会社だ。やつにとっちゃ、大企業の正社員って肩書が魅力的なんじゃないか」

「専務はそんな人じゃないですよ」

島田は断定した。

「不安定なサービス業だからこそ、きちんと稼げる会社にしないとと、これまであれだけ努力を重ねてきた人が、肩書くらいで引き抜かれるもんですか」

「じゃあれか…。すべての責任は俺の下半身にあるとでも言いたいのか」

光彦は島田を睨み付けて抗議した。

「そこまでは…言ってませんが。私達はみんなこの会社を大切に思ってますよ。六本木の新名所と呼ばれるような店にしようと、意欲的に今日までやってきたのに」

その通りだ。光彦も自分を育ててくれた街に、恩返しをしたいと思って頑張《がんば》ったつもりだった。だからこそ大企業が、利権目当てだけでこの街に進出してくるのが許せない。そこに紫上が引き抜かれるのかと思うと、余計に許せなくなってしまうのだ。

「部長、面接開始してよろしいですか」

二人の言い争う声に遠慮したのか、女子社員はドアを半分開いただけで声をかけてきた。

「ああ、いいよ」

島田は笑顔を浮かべ、デスクの上に提出されている履歴書を順番に並べて用意した。

今日は求人情報誌に募集を出した後の面接なので数が多い。いつもなら同席してくれる紫上がいない代わりに光彦がいたが、面接官としては何の役にもたたない。使えそうもないやつでも、見てくれが気に入ればすぐに採用してしまうからだ。

「社長、今日は…私に一任していただけますか」

「いいよ。余計な口は挟まないから安心しろ」

新入社の時期は終わったこの時期に、あえて面接をするのには意味がある。堅い会社に就職したものの、そりが合わずに退職したやつ。一緒に遊んでいた友達がみな就職してしまい、働くかとやる気になった若者。そんな連中を狙って、あえて派手に募集をかけた。

「そういえば…葵が何か言ってたな。親戚の子が大学出たけど仕事がないって」

別れた元妻とは、時々会う。別に約束しているわけではないが、光彦も交友関係が派手なら、あっちも同じように派手だ。そのせいでよく呑みに行った先でバッティングする。

二週間前にそんな話をしたことを、今頃になって思い出した。別れた妻の親戚となんて、何年も交流は途絶えている。そんな時にだけ頼み事をされてもなと、苦い思いが胸を過《よ》ぎった。

面接は順調に進む。礼儀や口の利き方を知らないやつは、それだけで島田は切っていく。それと暗い印象のやつも省いた。サービス業だ。やはり明るく元気なやつがいい。多少言葉遣いがおかしくても、そういうやつだけは生き残る。

いつもならこんな面接にいつまでも付き合っている光彦ではない。黙って座っているのを見ていて、島田はこりゃ本格的に紫上と険悪になっているなと感じた。

社員の面接が終わると、ショーパブの従業員の面接が始まる。その時はショーの振り付けも担当している、企画部部長の肩書を持つ男も加わった。

若くて綺麗な男達を前にして、光彦の機嫌はやっと直ったかのように見えた。ところが企画部長が簡単な振り付けを教えて、実際の踊りを見ようとした時だった。

光彦は三人のダンサー志望者の前でいきなりとんでもない指示を、何の断りもなくしていた。

「悪いけど君達さぁ。裸になって踊ってくれない」

島田は真っ青になっている。企画部長は明らかに不愉快そうだ。

光彦は彼らの嫌そうな顔を見てにやっと笑いながらも、冷たい口調で言い切った。

「ストリップじゃないって言いたいんだろ。だけど俺は、君達の決意のほどってやつを見たいんだよ。何なら俺だけで見るから、お前達は退席してくれても構わないんだぜ」

「それは…」

ダンサー志望者と二人きりにしていいものだろうか。どうせそこでセクハラまがいのことをするに決まっている。島田はまず気むずかしい企画部長を宥《なだ》めないといけなかった。

「すぐに辞めちまう、根性のないやつも多いから。ここは社長の意思を尊重して。お願いしますよ、先生」

元大手劇団のダンサーだったというふれこみで働いている男は、先生と呼ばれて気むずかしい顔をさらに歪めた。

「社長…ご自分の趣味だけで、このお仕事やってるわけではないでしょうね」

「趣味だが、それが悪いのか」

明らかに光彦の機嫌は最悪だ。そんな時に、こんな聞き方をする企画部長も問題だった。

表だってカミングアウトしたわけではないが、企画部長もどうやらゲイらしい。なのに光彦は彼には全く興味を示さない。それが二人の関係を余計にこじれさせてしまう元だろう。

ダンサー志望者の三人は、黙って内輪の揉め事を傍観《ぼうかん》している。さっさと採用する気があるのかないのか、決めて欲しいと焦《あせ》るやつ。好奇心から聞き耳をたてているやつ。そしてもう一人は、ひたすら光彦の顔ばかりを見つめていた。

「ダンサーっていうのは、踊れるかどうかが大切なんですから。あんまりご自分の趣味を口にされても困ります」

「そうかな。うちの売りは色気だろう。誰もクラシックバレエを見られると思っていないさ。だったら自分をどれだけ綺麗に見せられるか、裸になってでもアピールするくらいのやつが欲しいね」

「実力が劣《おと》っていたら、みんなとの調和を乱します」

「それを踊れるようにするのが、あんたの仕事だろ」

企画部長の顔色が変わった。

光彦からすれば、たいしていい男でもないのに、つんっと澄ましてポーズを決めている姿は滑稽《こっけい》だ。振り付けも古くさくなっているのに、自分では気がついていない。部長と呼ばせずに先生と呼ばれたがる。気に入らないところばかりの男だった。

しかも立場を利用して、意味もなくダンサーをいびる。自分よりも若くて綺麗な男達に、嫉妬しての八つ当たりにしか思えない。光彦は自分にもそういった傾向があるだけに、一番醜《みにく》い部分を突きつけられているようで嫌だった。

「うちはミュージカル劇団じゃない。エロティックな踊りが売りなんだ。裸になって踊っても、見ているこっちがその気にならないようなダンサーだったらいらない。違うのか」

「ちっ、違います。踊りが何かもわからない素人《しろうと》が、勝手に決めないでください」

企画部長の声は裏返っている。おねぇ丸出しになっていた。

「そんなにおっしゃるなら、社長がご自分で振り付けでも何でもなさったらよろしいんじゃありませんか」

がたっと椅子が音たてて引かれ、企画部長は立ちあがっていた。どうやら出ていくつもりらしい。光彦は内心やったと快哉《かいさい》を叫んでいた。こちらから辞めさせるといろいろと面倒だが、自分から辞めてくれる分には助かる。こういった男は、自分がいなければ何も出来ないと自惚《うぬぼ》れているようだが、実際はいなくなっても誰も困らない。

相手を不愉快にさせるのは、光彦の得意技だ。ワンマン社長である光彦は、どんな無理を言っても聞いてくれ、しかも光彦が望む以上の仕事が出来るようなやつが好きだ。なかなかそういった相手には恵まれないものだが、ついてこられないやつを見分けるのにこの手は有効だ。

「先生！　社長、まずいですよ、先生怒らせたらっ」

島田は焦って出ていく企画部長の後を追った。

続けて一人のダンサーが、荷物を手にしてドアに向かった。

「すいません。裸で踊らされるとは知りませんでした。また…」

そう言って頭を下げて出ていく。するともう一人も、慌てて頭だけ下げて出ていった。

残ったのは、さっきからじっと光彦を見つめていたダンサーだけだ。

細身の綺麗な体をしている。すでに薄く化粧をしているのか、服を着ていると男か女かもわからない。

「それじゃ脱ぎます」

二人きりになった途端、その男は服を脱ぎ始めた。

引き締まった綺麗な体をしている。まだ若いだろう。

光彦の守備範囲、ど真ん中だ。

「自由に踊っていいですか。音楽、必要でしょうか」

「ああ…いや、いいよ。好きにやって」

光彦は面接用の書類が積まれた机に手をつき、煙草を銜えながら目を細めてその男を観察する。

男は明らかに光彦がゲイだと意識しているのか、時に誘うようにエロティックなポーズを決めてみせた。

ドアに鍵をしてしまえば、島田も入ってこない。あのしなやかな体を、この場でいただいてしま

うことも可能だ。

紫上がいなくなって四日。光彦は信じられないことに禁欲生活を続けていた。誘えばいくらでも相手はいるのに、紫上を立てておとなしくしていたのだ。なのにいつまで経っても紫上は帰らない。ほら、浮気しなかっただろうと、硬くなったものを握らせる場面を想像していたのに、いつになく今回の紫上は強情だ。

たまっているだけに、このエロティックなダンスを一人で見ているという状況は、あまりにも刺激的すぎた。

男は光彦が自分に欲情したと確信したようだ。距離を近付け、誘うように足を大きく、高く上げて全裸で踊ってみせる。

好みの男とセックスしたいだけなのか。それとも光彦のような金のある相手を見つけて、愛人にでもなりたいと野望を抱いているのか。男の目はひたと光彦に向けられ、優雅なダンスはいつの間にか股間に手を置くことが多くなっていた。

誘われている。しかも好みの男だ。

光彦は椅子を後ろに引いて、男を自分の側に呼び寄せればいいだけだ。ズボンのベルトを外し、ファスナーを下ろして取り出したものを、跪《ひざまず》かせた男の口にまず押し込み、十分にその舌で湿《しめ》らせてから床に這い蹲《つくば》らせ、思い切り背後から突っ込めばいい。

自分が味わえるだろう快感を、光彦は予想した。ダンサーをやっている男だ。無理な体位にも応えられ、あそこの締まりもいいだろう。顔立ちも悪くないし、積極的に迫ってくるくらいだから、しばらくは従順に光彦の言うことを聞くかもしれない。

新しい恋人として、しばらく付き合うのにはいい相手だ。自分の店で働かせるより、小遣いでもあげて遊び相手にキープした方がいいかもしれない。自分が手をつけた男を従業員のまま置いておくと、愛人だという自信からか態度がでかくなり過ぎて、他の従業員との和が乱れる。

それをしないで見事に社員として働けるのは、紫上くらいのものだ。

紫上は決して公私混同しない。社員としてきちんと働いているから、誰も紫上に社長の愛人だからと面と向かって非難は出来ないのだ。

光彦は動きが鈍くなった男を見つめた。男はさぁどうしますかと、明らかに誘いの言葉を待っている。

いつもなら何も迷わない。

行動あるのみだ。

性器にもふつふつと煮え立った血液が集中しているのがわかる。もうじき痛いくらいに張りつめて、スーツの中に隠しておくのも辛くなるだろう。

なのに光彦は、煙草を銜えて火を点けただけだった。

この男とセックスして、そしてどうするんだという思いが、ふっと脳裡を掠《かす》める。一時の快楽。射精の充実感。それを味わった後に、この男は光彦に何を求めるのだろう。

金か、仕事か、恋人待遇か。

紫上が知ったら、怒るのは目に見えている。出来た愛人だが、さすがに面接に来たダンサーをその場で口説いたと知ったら、今度は本当にキレて出ていってしまうかもしれない。

紫上に不満があるわけじゃない。秘密なんて持たないでくれれば、何もあんなしつこいいたぶりなんてかけなかった。失う不安が、あんな過激な行動に走らせたのだ。

何人もの男と浮気しても、結局最後に紫上を選ぶのは、あの男が最高だと思うからだ。あれ以上の男がいたら、光彦の心もぐらつくかもしれないが、何もセックスの相性や外見だけで男を選んでいるのではない。

やはり一番大切なのは、自分を思ってくれる愛情の深さだろう。男として肩を並べても、決して引けを取らない出来る男が、三歩下がって自分に尽くしてくれる。それが光彦の優越感を満足させ、充実した毎日を送る原動力にもなるのだ。

「ありがとう。素晴らしかった」

光彦は拍手をした。あくまでもこれはオーディションだからと、経営者の顔を取り戻していたのだ。

ところが間の悪いことに、その時ドアが開き、これまであれほど光彦を避けていた紫上が、顔を出してしまった。

床に座り込んだ男との距離はかなり近付いている。男の手は股間に置かれ、発情しているのを隠しているようだ。光彦は椅子にぞんざいな様子でふんぞり返り、いつもその体勢から聞かされる言葉を知っている紫上にしてみれば、これから何をさせるつもりだったか明瞭に想像がついた。

「オーディションは終了だ。採用するよ。明日、現場で詳しい説明を担当者から受けてくれ」

やばいっといったところが光彦の正直な感想だが、何事もなかったように履歴書の空欄にサインを書き込む。

紫上はそんな様子をじっと観察していた。

ダンサーの男は、明らかに紫上を敵視している。この男が邪魔に入らなければと思っているのだろう。

「これで終わりですか」

立ちあがった男は、まだ未練があるような口振りだ。光彦はこれはあくまでも仕事だといった態度を崩さず、笑顔で言った。

「服を着ていいよ。今の気持ちを忘れずに取り組めば、どんなことでもうまくいくさ。うちの店は人気が出たダンサーには、テレビの仕事なんかも回している。頑張って明日のスターを目指してくれ」

社長自らのありがたい言葉を貰えたのだ。男はここで素直に喜ぶべきだろう。

「未熟な踊りでしたが、見てくださってありがとうございました」

頭を下げてから服を着ている男の前に、紫上はさりげなく近付く。そして社名の入った封筒を、着替え終えた男の前に差し出した。

「ご苦労様。これは本日の車代です。中に入店時、あなたの担当者となる店長の名刺が入っています。慣れるまで大変でしょうが、頑張ってくださいね。根性ありそうだから、期待してますよ」

封筒を受け取ると、男はまだ何か言いたそうに光彦を見ていたが、この場ではそれ以上の展開は望めないと諦めたのか、素直に出ていった。

「珍しいな。ここ最近、俺を避けるようにして仕事しているくせに、今日はどうしたんだ」

履歴書を整理し始めた紫上を見て、島田の差し金かなと光彦は勘ぐる。あまりにもタイミングが良すぎるのは、島田が社長をどうにかしてくれと、紫上に泣きついて電話を入れたせいではないだろうか。

「…先生を怒らせたのはまずくないですか」

「あの程度の振り付けだったら、現場で踊ってるやつらだって出来る。演出が古いって、お前だって言ってたじゃないか」

「そんなこと言いました?」

紫上はあくまでもとぼけるが、企画部長を一番嫌っていたのは、紫上だったような気がする。光彦は自分の考えのように思っているが、ベッドで紫上が囁いたことが、いつの間にか自分の考えになってしまっていることがよくあった。

これまではそれで失敗したことがない。

紫上の考えは自分の意見になり、それで会社は順調に発展を遂げてきたのだ。

「島田に言っとけ。もうあいつのご機嫌取りなんてする必要はないってな」

「彼…追いかけなくていいんですか」

眼鏡に隠された美しい目元を、紫上はドアに向ける。

見抜かれているなと思ったが、光彦はあえて余裕のあるふりをして、新たな煙草に火を点けた。

「勘違いするなよ。どれだけやる気があるか、見たかっただけさ」

「ついでに体も見たかったんですね」

ちくちくと嫌みを言いながら、紫上は整理した履歴書を束ね、提げていたビジネスバッグの中に丁寧にしまう。ブラインドを下ろされた窓の外は薄暗くなっていて、すぐ横の看板の黄色い光がちらちらと漏れていた。

「何が言いたいんだ。四日も家に帰らないで、俺をほっとくから悪いんだろう。それでも手を出さなかったんだぜ。褒めて欲しいね」

「商品には…手を出さないのがルールじゃないですか…」

「いつ決めた?」

「私はそう教わりましたけどね」

紫上は窓が閉ざされているのを確認し、もう部屋を出ていこうとする。光彦もさすがにこの状態で黙って見送ることは出来なかった。

「どこに行くんだ」

「仕事に戻ります。島田さんと面接結果を打ち合わせないと」

「その前にする事があるだろ」

光彦は立ちあがった。ここで自分から立ちあがって近付かなかったら、紫上はさっさと逃げ出してしまうだろう。

「浮気もしないでいい子にしてたんだぜ。そんなにつれなくするなよ。今夜は…帰るだろ」

紫上の手を取り、その甲に唇を強く押し当てる。仲直りの意味でセックスしないかと、平和的に誘っているつもりだった。

「体が…辛いんです。いろいろとね」

手を引き戻すと、紫上はあくまでも平静を装って冷たく答えた。

「手首のアザも消えてないし」

ワイシャツをめくると、その下にははっきりとわかるアザとすりむけた跡がある。革の手錠だけでは、紫上の体重を支えるのは難しかったようだ。

「そういう時は別の楽しみ方もあるだろ…。紫上…」

手を引き抜かれた光彦は、懲りずにその手で今度は紫上の顎を捕らえる。そのまま上に向かせ、軽く唇を重ねた。いつものように開くこともせず、紫上は唇を堅く引き結んだままじっとしていた。

「まだ怒ってるのか。疑われるようなことをしてる、お前にも責任があるんだぜ」

紫上を他社に引き抜かれたら、本当に光彦は困ってしまう。データや書類なら、隠したり燃したりして消してしまうことも出来るが、紫上は売上金から脱税対策の裏金作りまで、ほとんどの金額を一円単位まで狂わずに記憶しているのだ。

税務署に紫上が何もかも告白したら、それだけですべて終わりだった。

だからといって光彦は、紫上を疑うことをこれまで一度もしなかったのだ。愛情という形のない契約を信じて、紫上には手の内の何もかもを見せている。

「怒ってませんよ。体が本当に辛いんです。家に戻ったら、我慢してくれないでしょ。だったら…見える場所にいない方がずっといいと思って」

「俺が我慢出来ない男だと知ってるくせに、冷たいんじゃないか?」

光彦は我慢出来ない男の本領を発揮して、紫上を抱き寄せスーツの中に腕を潜り込ませる。

いつものパターンだが、紫上は呆れたようにその手を押し戻そうとあがくしかなかった。

「紫上…ドアに鍵」

「冗談でしょう。まだ社員がほとんど残ってるこんな時間に、何ふざけてるんです」

島田はどこに行ったのかと、紫上はドアを見つめた。

社長がまた馬鹿なことを言いだして、企画部長がキレちまった。助けてくれよと電話を貰ったから駆けつけたのだ。

光彦とは出来るだけ顔を合わせたくないのが本音だった。

「四日分…たまってるぞ」

光彦は紫上の手をそこに導く。隠し持った凶器のような硬さを持ったものが、ほっそりとした指に押しつけられていた。

「よしてください。どうしてこんな場所でその気になれるんだろう。邪魔をしない方が良かったですか」

「最初から、あいつには何にもする気なんてなかったさ。俺は…紫上を待ってたんだぜ」

「いじめるくせに…」

欲望を煽るように、紫上の声は甘くなる。それだけで光彦の理性は吹き飛んだ。

「お前だって我慢も限界だろ。そろそろあそこも治った筈だ」

光彦は乱暴に紫上を引き離すと、大股に歩いてドアに向かった。そして鍵を閉め、部屋の電気をすべて消してしまった。

何本も連なっている細長い蛍光灯は、電気という命を失って一瞬にしてただの白い棒へと姿を変えた。

紫上のベージュのスーツに、ブラインドから漏れる黄色い光が縞《しま》となって浮かび上がる。

さっきまで男達を支えていた椅子は、役目を終えて黒っぽい影だけになった。細長いテーブルの上に載った灰皿には、消し残った煙草からまだ細い煙が立ち上っていて、それだけが静かな部屋で唯一動いているものだった。

振り返った光彦の、ワイシャツのカラーばかりが薄闇《うすやみ》に白く浮きあがる。そのカラーに指を入れて緩めると、光彦はさらにネクタイをしゅるんと引き抜いた。くるくると巻くと、そのままポケットにしまう。

紫上にはもう逃げ場はない。

「いつも…こうやって逃げられない状況に追い込まれるのは…私が浅はかなんですね」

「理屈で納得しようとするな。自分もやりたいんだって、素直に認めろよ」

「…それじゃ…認めます。ではやりたくないと思ったら、二度とこういう状況に陥らないように、細心の注意を払えばいいんですね」

「やりたくない？　無理だな。紫上は自分で思ってるより、ずっと淫乱なんだぜ」

光彦は当然といった態度で、紫上を抱き寄せてから自分の前に跪かせた。ズボンの上から紫上の顔にそこを押し当て、眼鏡を外してしまっている。

硬いものが高価なイングランド製の布地越しに、紫上の頬に当たった。

「四日も触らないでいると、欲しくてたまらないだろ」

「…そんなことないって言っても、信じないでしょ？」

「信じないな。お前の体をそこまでにしたのは…この俺なんだから。俺のものがすっぽり収まって、ちょうどいいようになってるんだよ」

傲慢な帝王は、いつものように紫上の奉仕を待っていた。こういった状況では、光彦は決して自分からファスナーを下ろすような真似はしない。紫上が自ら光彦のものを取り出して、口に含む瞬間を待っている。

「どうした…食べ頃だぜ」

「喰いちぎると思ったことないのかな」

下からまっすぐに光彦を見上げながら言う、紫上の顔は真剣だ。

「やれよ…。いいさ、紫上がこいつを他の誰にも喰わせたくないと思うんなら、いっそ喰いちぎったらどうだ」

「出来ないと思ってます?」

「ああ…そうしたらもう一つの口で、二度と喰えなくなっちまうだろ」

「そんなに私は淫乱なんですか」

「自分がやってる場面なんて、何度もビデオで見ただろう。ああいうふうに乱れる男は、淫乱って言われてもしょうがないのさ」

新しいビデオカメラを買う度に、寝室に持ち込む光彦のことを考えて、紫上は小さく首を振った。

「あんなものばかり残しておくと、趣味を疑われますよ」

「趣味はセックス。それの何が悪いんだ」

「…光彦の方が…ずっと淫乱だと思うけど…」

その気になったのか、または諦めたのか、紫上は光彦のベルトを外して、さらにボタンに手をかける。ファスナーを開けば、盛り上がったそれは目の前だ。かなり昂奮しているのか、紺色のニットトランクスの前にはすでに染みが拡がっていた。

「まだ…辛いんです。これだけで許してくださいね」

トランクスを引き下げ、現れたものを口に含む。スーツを着たままで目を閉じ、ねっとりと舌を絡ませて奉仕する姿は、壮絶なまでに色っぽい。

光彦は好色そうな笑みを浮かべて、紫上が陶然として奉仕する姿を見下ろす。

美しい唇が開き、窄《すぼ》めながらゆっくりと前後に動いている。こんな動作をしている時は、誰でも間抜けな顔になってしまうものだが、紫上は生来《せいらい》備わった気品を失っていなかった。

「うまいな…さすがだ。とろけそうだよ、紫上。初めての頃は、何度も喉に詰まらせてげーげーいってたのにな」

喉にまで性感帯があるのではないかと思えるほど、紫上はうっとりとした顔で光彦のものを味わう。口先だけで味わっているうちはそれほどでもないが、喉の奥にまで飲み込んだら、かなりの苦しさになるだろう。なのに苦痛など知らないように、その動きは滑らかだ。

「口でいかせるつもりか…」

「ん…んんっ」

「それだとおもしろくない。お前の泣き声が聞こえないだろ」

「んんんっ、んんっ」

口に含んだままで、紫上は軽く首を振る。これ以上の行為はさすがに勘弁して欲しいと願っているようだ。

「本当はもう治ってるんだろ。欲しくないか」

光彦は紫上の口から勢いよくそのものを引き抜いた。薄暗い部屋の中、唾液で濡らされぬらぬらと光ったものが、外からこぼれ落ちる僅かの光を受けて輝いて見える。

「最後までさせて…くれませんか」

「そういう口の利き方はやめろよ。仕事の延長みたいだろ」

「…違うんですか…。結局社長は、自分の立場を利用して、私にセクハラしているだけでしょ」

「セクハラ？　愛人の言う言葉じゃないな。紫上…可愛くないよ」

紫上の腕を引くと、そのまま立たせた。光彦は周囲を見回し、そこに細長いテーブルを発見する。高さといい頑丈さといい、お誂え向きのように見えた。

「あの上に俯《うつぶ》せになってみろ」

「ここは使わないでって言ってるのに」

「そんなに激しく攻めたかな」

「もう忘れたんですか…。歩けなくなるまで嬲《なぶ》ったくせに…」

非難している筈が、紫上の瞳はきらきらと輝いて見えた。嬲られた場面を思い出して、紫上もまた昂奮してしまったのだ。

「ちゃんと翌日の夕方まで、優しく抱っこしてあげてただろう」

「あんなに優しくするつもりがあるんなら、最初からひどいことしなければいいのに…」

「隠し事するからさ。どれ、治ったかどうか見せてみろ」

「嫌です…」

紫上はまたその場に蹲る。そして両手で自分の顔を覆った。

「デリカシーがなさすぎる」

「いいじゃないか。何年もお前の体は隅から隅まで全部見てきたんだから」

「だから、見せたくないんです」

そのまま紫上は顔を上げ、再び光彦のものにむしゃぶりついた。

思いはすべて、唇に込めていた。優しく舐めていたかと思うと、歯の先でかりかりと裏側を引っ掻く。吸い込んだと思うと、丁寧に先端の割れ目に舌先を入れて、極上の痺れを光彦に味わわせた。

「んっ…そんなに…いかせたいんなら…これでもいいか」

光彦は男にしては長い睫《まつげ》を伏せて、顎を上にあげた。考えることを放棄して、自分の欲望のみに意識を集中している。自然にその腰はうねり、紫上の喉奥までも深く攻め立てていた。

「んんっ…んっ…んんっ」

低い声が漏れる。光彦の手はいつか紫上の髪を掴み、動きはどんどん激しくなっていた。さすがに紫上ももう優雅な動きばかりはしていられない。何度もうっと呻《うめ》いて喉を詰まらせながら、光彦が最終的にすべてを吐き出すまで従順に奉仕を続けた。

「んんっ…すごいな…。テクニックは半端じゃない」

目を開いた光彦が見下ろすと、紫上はポケットから取り出したハンカチで、手際よく光彦のそこを始末している。そしてトランクスを直し、ワイシャツを引っ張った後にズボンのボタンを留めて、光彦の身繕《みづくろ》いを一瞬で済ませてしまった。

紫上はすっと立ちあがると、光彦のスーツの胸ポケットにしまわれた、自分の眼鏡を引き抜いてかけた。

「どうですか。満足しましたか」

「まだだよ、紫上…」

返事が終わるか終わらないうちに、光彦はその場にしゃがみ込み、それまで自分がされていたことと全く同じ行為を開始した。

「社長…私はいいんです」

光彦が素直にやめる筈はない。

「島田部長が待ってますから…社長」

「…お前に…あれを教えたのが誰か…忘れてないか」

「社長…光彦…もういいから」

紫上の体は窓に押しつけられていた。ブラインドが光彦の動きに合わせるかのように、がたがたと揺れる。すると光の縞の幅も微妙に揺らいで、紫上の体に夢のように不思議な縞模様を描き出した。

「ああっ…あっ」

切なげな声が響く。誰かに聞かれたらまずいと必死になって耐えても、紫上は光彦のように低い呻き声だけで抑えるなんて出来ない。

「あっ、ん……光彦…んんっ」

傲慢な愛人も、こんな時だけはとびきり優しい。誰もが夢見るような、うっとりするほど甘美な喜びを与えてくれる。

「んん、あっ、あっ…はぁっ…ああっ」

紫上は支えがなければ立っているのも難しいほど、その全身から力が抜けていた。やはり四日も離れていると、理性の部分では誤魔化せても体が納得しない。そこが使えないと知っていても、紫上は体の深奥に疼《うず》きを覚えて身悶《みもだ》える。

「駄目…駄目だ」

自分を叱らないと、また流されてしまう。たった四日でギブアップしたら、紫上の野望は生涯叶わない。自然と遠ざかろうと決意したのに、優しい愛撫でもう紫上の決意は揺らぎ始める。

「ああっ、光彦、も、もう、あっ」

いつもなら簡単にいかせてくれない光彦も、さすがに時間を取りすぎたと思ったのだろう。紫上がいくのをあっさりと許した。

「んっ、あっ」

光彦の顔が離れた瞬間、紫上は床にへたへたと座り込んでしまった。

同じ行為をしても、その後平然と紫上にもしてやれる光彦とでは、明らかに体の造りがどこか違っているようだ。紫上は自分の体が欲望に馴らされ、すっかり弱くなっているのを感じた。

こういったものは、日々の積み重ねなのだろうか。最初は痛みと恐れしかなかったのに、今ではすっかり快楽の虜になってしまっている。

「腰が抜けるほどよかったか」

光彦は余裕を見せて、紫上の体を引っ張り上げると、互いの味がする濃厚なキスをせがんだ。

「今夜は…帰るだろ。お前がいないと不便なんだ」

これもいつもと同じだ。仲直りのキスかセックスさえしてしまえば、光彦はもう反省もなく紫上が戻ってくると確信している。

「一緒に風呂に入ろう…。髪、洗ってくれよ」

甘い声でおねだりするのも忘れない。自分が望めばどんな願いも叶うと信じている男は、疑うのは下手なままだった。

知人が来たので、つい朝方まで呑んでしまった。光彦はすっかり明るくなった空を見上げながら、とぼとぼと家まで歩く。

すでに街を走る車は夜の顔のタクシーから、早朝出勤の車に替わっている。若者仕様のバイクは消えて、新聞配達が慌ただしく坂道を上がったり下りたりしていた。

鴉《からす》が道路の真ん中に舞い降りて、小馬鹿にしたようにあーっと鳴く。雀《すずめ》は精力的に補食のために飛び回り、最近では滅多に見なくなった野良猫が、そんな雀を狙って物陰に潜んでいた。

六本木の一番美しい時間。夜は終わったのだ。

自宅の門まで辿り着いた時に、ちょうど新聞配達のバイクが到着した。

「あよーございまーす」

勢いよく変な挨拶をすると、新聞配達の若者は光彦に新聞を手渡し、またバイクに跨って走りだす。光彦は四つ折りの新聞を小脇に挟んで、家の鍵を差し込んだ。

そうだ、今日はもう紫上が帰っている筈だ。鍵なんてしなくてもいいのにと思ったが、この辺りは物騒だったなと思い出す。鍵は二つ。それぞれ違う形の鍵だ。

「ただいま…戻りました」

玄関で声をかけたが、二階に位置するリビングのドアは開かれなかった。しーんとしているように感じるのは、気のせいだろうか。

「紫上…」

リビングのドアを自ら開く。

不思議な感じがした。

何かがおかしい。

違和感を覚えながら、光彦はソファに酔った体を投げ出した。

何がどうおかしいのだろう。

そうだと光彦は気が付いた。

匂いがしない。いつもはリビングに籠もっている生活の匂い。料理で使った香辛料とか、紫上が好きでよく飲んでいるブルーマウンテンの香り。それに自分が吸う煙草の香りなどがない交ぜになった、生活の匂いがいつの間にかこの部屋から消えている。

代わりに空気清浄機が作り出す爽やかな空気と、メイドサービスの会社が好意で置いていく芳香剤の作り出す、人工的なほんわかとした香りだけが漂っている。

紫上が帰らなくなってから、リビングで過ごす時間が極端に減った。家にいるのが嫌で、つい早めに外出してしまう。夕人の顔を見ても、小言ばかり言いたくなってしまい、うるさがられているのはわかっていた。

「寝たのかな…風呂…入りたかったのに」

独り言を呟きながら、部屋を見回す。やはりおかしい。紫上が帰っているなら、彼の使うコロン、ロシャスの残り香が混じっている筈だ。なのにこの部屋を今浸食《しんしょく》しているのは、光彦の使うエゴイストの香りばかりだった。

夕人は食事をしたのだろうか。キッチンには汚れたコップ一つ置かれていない。水が流れた形跡もないシンクは、新品のようにきらきらと輝いている。フルーツが好きな紫上のために、いつも何かしらフルーツが盛られているバスケットは、ここ数日空のままだった。

「紫上…寝たのか」

光彦は三階のプライベートルームに向かった。自分達の部屋のドアを開く。下よりは狭いがリビングスペースがあり、続けて書斎になっていた。さらに奥のドアを開くと、ベッドルームとクロゼットだ。

夕人がまだ幼い頃には、紫上と二人でよくかくれんぼをしていた。いつでも見つけるのは光彦の役目で、紫上はクロゼットに隠れていることが多かった。理由は一つ。見つけた時にキスされても、夕人の目からうまく隠せるからだ。

「ガキじゃないだろ。かくれんぼしてるつもりか。紫上…こらっ、出てこいよ」

ベッドルームにもいない。綺麗にベッドメイキングがされていて、誰かが横たわった形跡はまるでなかった。

バスルームには水滴一つ散っていなかった。タオルハンガーには折り畳まれた綺麗なタオルが掛けられ、バスローブは二つ、紐の結び目も解かれないまま壁に吊り下げられている。

「いないのか…」

今夜は帰るとばかり思っていた。巧みな舌遣いで光彦を喜ばせていた紫上なのに、いったいどうしてしまったのだろう。

光彦はそのまま自分の部屋を出て、夕人の部屋に向かった。夕人がまだ幼い頃は、紫上は寝かしつけているうちにそのまま一緒に眠ってしまうことがよくあった。

美しい若者と、愛らしい少年が寄り添って眠る様子は、何度思い出しても光彦の心を熱くする。眠った紫上を抱え上げて寝室に運ぶ瞬間までが、ドラマの中の一コマのようだった。

夕人は眠っている。いかにも高校生らしい部屋は、ほどよく散らかっていた。

ハーフサイズのヘルメットは、飾り棚に置かれたマネキンの頭部に被せられている。脱ぎ散らかした服は床に散っていた。デスクの上に参考書と問題集が、微妙なバランスで積まれている。その横に携帯とバイクのキーが置かれていた。

羽毛の掛け布団からはみ出た夕人の体を見ながら、光彦はベッドに腰掛けた。パジャマも着ないで、Tシャツとトランクスだけで寝ている。シャツがめくれて、色白の素肌が覗いていた。

おかしな格好の抱き枕に手足を絡みつかせ、夕人はぐっすり熟睡している。その顔にはまだあどけなさが消えずに残っていた。

眠っている夕人をこんなにじっくりと見つめるのは久しぶりだ。無理やりエステにまで通わせ、磨きに磨いた肌を見るのもしばらくしていなかった。

話題の店のトップを張るカリスマ美容師に髪をカットさせ、歯科矯正を受けさせて綺麗な歯並びの口元を作り上げた。特定のスポーツを熱心にやらせると筋肉の比率が偏るから、遊びで出来るようなものだけ選ばせて、適当にやらせていた。

家庭教師は厳選し、一流大学の教職志望者で、容姿に恵まれていない男を選んだ。間違って家庭教師と恋に落ちたりしないようにとの、光彦なりの予防策だ。

遊び人のような友人は近付けない。光彦は若い時、かなりの遊び人だっただけにその危険度も認知している。家柄もよく勉強も出来、しかも恋愛なんかに興味のないようなやつなら家にも招待していいと決めていた。

ほとんど夜は仕事で家にいない。寂しい思いをさせないようにと、休日にはどこにでも連れていってやった。

そこまで大切に育てた夕人も、じき十八になる。

初めて夕人に出会ったのは、親友の柏木の家に遊びに行った時だ。離婚後、たまたま実家に戻っていた葵が連れていたのが、天使のように美しい子供だった。

父親はフランス人。愛らしい口元からは、片言の日本語とフランス語がごちゃまぜになって飛び出す。髪の色は薄く、くるくるとした巻き毛だ。瞳も薄いし、ぷっくりと膨らんだ頬は桜色だった。

子供なんて本来苦手な光彦だったが、夕人を一目見ただけで苦手意識は吹っ飛んでしまった。

光彦は若くて綺麗な男が好きだ。夕人が十八になったら、どんなに美しくなるのだろう。想像しただけで股間が熱くなる。

叔父にあたる熊みたいな柏木には、どこも似たところがないこの子供だが、将来はどうだろう。柏木のような逞しい大男に育ってしまうのだろうか。

おまけに母親は葵だ。光彦が六本木の遊び人仲間で有名だったように、葵もかなりの遊び人で知られている女だ。まともに子供を育てられるとはとても思えない。

この子は将来どうなってしまうのだろう。そう思ったら、放っておくことが出来なかった。自分の側に置いて、誰にも負けない美しい若者に育ててみたい。当時そこまで思ったかどうかまでは覚えていないが、いずれ自分のものにしたいとの下心もあった。

無駄毛一つない綺麗な生足が覗いている。爪はピンクで、健康そうに輝いていた。男の子にはありがちな、古い傷跡一つもない。

窓から射し込む朝日が、ほっそりとした顔を照らす。夢でも見ているのか、色の薄い睫がふるふると震えていた。

「んっ…」

枕を抱いている手に力がこもっている。それとなく目を下半身に向けると、健康な若者らしく触れられてもいないのにそこを勃たせていた。

性的な夢を見ているのかもしれない。ふっくらとした唇が開いて、吐息とも聞こえる甘い息が漏れている。

じっと見ていた光彦は、思わず夕人の足を優しくさすっていた。

まだ酔っているんだと思いたい。そうでもなければ、戸籍上の息子。四歳から引き取って育てた夕人に、あからさまに発情してしまったことを誰かに知られたら、非難されるに決っている。紫上のせいにしたかった。俺を放っておくからだと、恨めしく思う。けれどそれが理由にはならないことも、光彦は知っていた。

紫上をこの家に引き取った時もそうだった。まだ高校生だ。十八になったばかりだろう。せめて卒業するまで手は出すなと、自分を戒めたが無駄だった。理性はあっさりと欲望に白旗をあげ、今の夕人のように無心に眠っていた紫上を犯した。

一度手に入れたら、後はもう歯止めが利かなくなっていた。確かあの時は、三日間くらいぶっ続けで部屋に閉じこめていたように思う。最初は恐怖にすくんで、楽しむ余裕なんてなかった紫上の体も、三日後には喜んで自分から腰を振るようになっていた。

あの時と今が、微妙にオーバーラップしている。

眠る夕人が、あの日の紫上のように思えた。

足をさすっていたのが、いつの間にか太股になった。コットンのトランクスの前は、それなりの大きさで盛り上がっている。そこを優しく掌《てのひら》でこすった。

「んんっ…やっ…あんっ」

まだ夢の中にいる夕人は、何の抵抗も示さずされるままになっている。

夢の相手は誰なんだろうと、光彦はつまらない嫉妬を覚えながら、さらに手を伸ばしてそっとトランクスを引きずり下ろした。

ヒップは真っ白だ。弾力のありそうなぷるんとした肉が盛り上がり、まだ誰にも触らせたことなどない筈の、新鮮な蕾《つぼみ》を覆い隠している。

光彦はその割れ目にすーっと指を差し込む。すると夕人は明らかに昂奮して、喜んで自ら腰を突き出す格好をしていた。

もしかしたらすでに目覚めていて、寝たふりを続けているのかもしれない。自分から父親を誘うなんて、そんな恥ずかしい真似は夕人でもしたくないだろう。だが眠っていたからという立派な理由があれば、そうなってしまっても自分を騙せる。

知らないうちにやられちゃってぇと、泣いて訴える夕人の姿を想像する。秘密なんて持てない夕人だ。紫上に訴えるに決まっている。

何度も念を押されている筈だ。間違っても自分の息子にだけは手を出すなと。

「悪いのはお前だ…。こんなおいしそうな子兎が眠ってるのに、家にも帰らないで…」

モラルに反する。してはいけない。そんな枷があればあるだけ、余計に昂奮してしまうのは厄介なことだ。光彦はいい父親の仮面を脱ぎ捨て、牡《オス》の本能剥き出しで、夕人の柔らかいヒップの肉を撫で回していた。

「いや…夕人は言わない。紫上が傷つくと思えば、秘密にするくらいの思いやりはあるさ」

勝手に自分を納得させ、さらに蕾の部分に指先をあてがう。もう熟しただろうそこは、触られても何の抵抗も示さず、ただ熱くなっている体温を指先に感じさせるだけだ。

いつまで寝ているふりを続けられるだろう。痛みに弱い夕人だ。最初の挿入には細心の注意を払わないと、最後までやらせてくれそうにない。どうしたら泣き喚かせずに、完全に手に入れられるのかと悩みながら、光彦の手はまだ完全に大人になりきっていない、夕人のそこをそっと愛撫する。

「あっ…あんっ…んんっ」

枕を抱き締めながら、夕人は光彦の手に自分のものをこすりつける。先端から最初の蜜が溢れ出し、僅かの刺激でもすぐにいってしまいそうだ。

「ああっ…そんなこと…誕生日まで…しないで」

寝言とも本気ともつかない言葉が漏れてくる。光彦はぎくっとして、思わず手を止めた。

「えっ」

誕生日、十八になるまでするなというのか。

「明後日まで待てっていうのか。多少のフライングはいいだろ」

思わず光彦は答えてしまう。

すると長い睫はばさっと開いて、日本人にしては色の薄い瞳が現れ、二重の大きな目はじっと光彦に注がれていた。

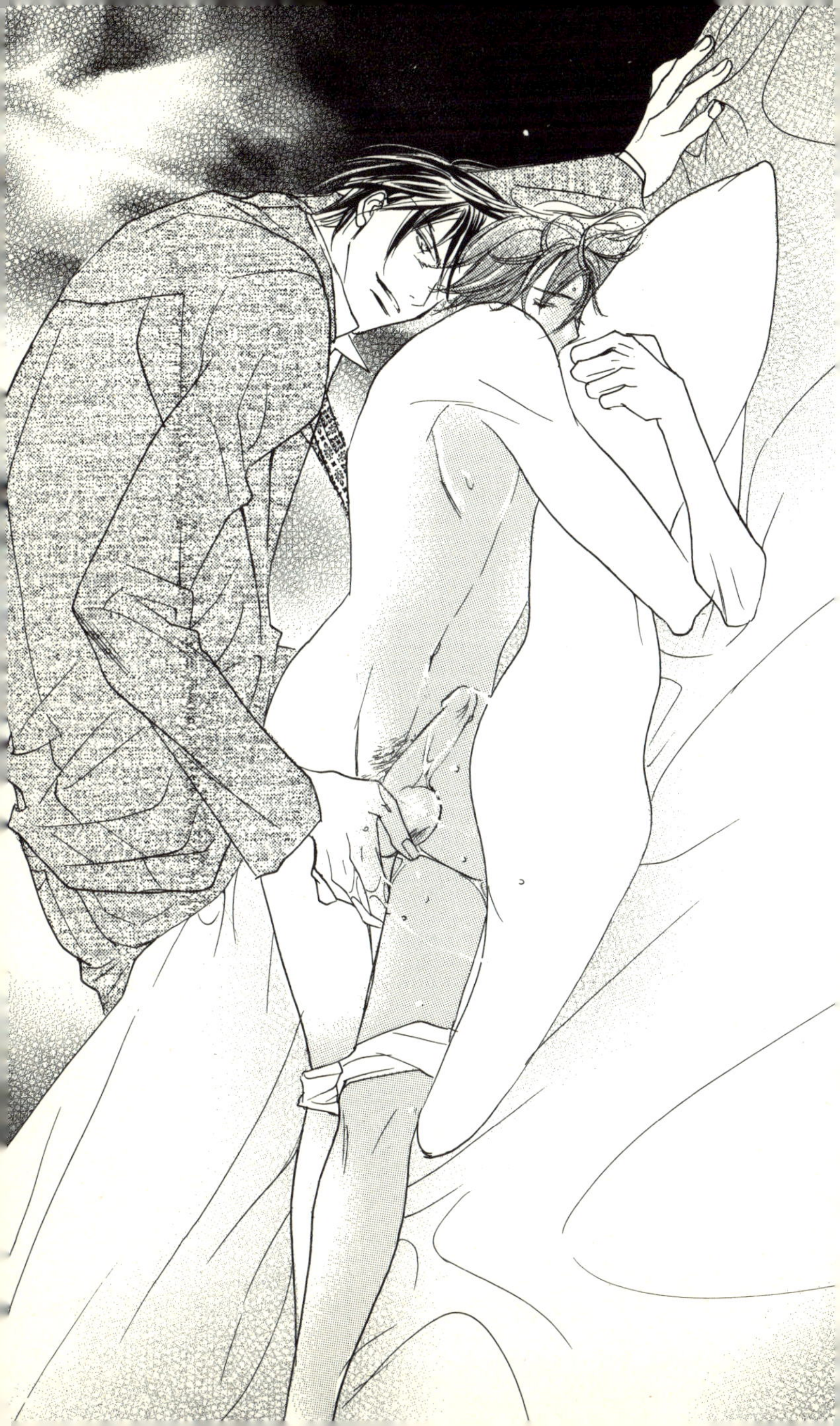

「……」

光彦の手は、夕人のものを触っている。トランクスは半分以上下ろされ、これからどうするつもりなのかはもうはっきりとわかっていた。

「うわ――っ！」

信じられない叫び声があがった。

「やーっ、ばかーっ、光彦のばかっ、ばかっ、あほっ、変態っ！」

さっきまで抱いていた枕で、ぼすぼすと叩かれる。

「お、おい、夕人、こらっ、落ち着けって」

「変態っ、変態っ、このばか光彦。さわんなっ！」

同じ十八でも、紫上の時とえらい違いだった。忍び込まれたのを知った時の驚きを表す、風情も何もあったものではない。まるでオナニーを見つかった小学生がうろたえて、逆に親に食ってかかっているようだ。

「変態親父。出てけよーっ、誰のベッドだと思ってんだっ。このっ、このっ、このっ」

枕で叩かれ、美しい生足で蹴られた。けれどここでおとなしく引き下がるような光彦ではない。男となんてやったこともない若者を、何人も押し倒してきた男だ。その気になったら、夕人を押さえ込んで犯すくらい簡単なことだった。

「夕人…おとなしくしろ」

両足を捕まえてぐっと握ると、そのまま夕人の体に密着させてしまう。上から押さえ込まれているから、夕人は上半身を起こすこともう出来ない。トランクスは半分下ろされているから、そのまま犯すことも十分に可能だった。

「可愛い夕人…お前は俺のものなんだ。これまで大切に育てたのは…いつかこうしようと…」

「ばーかばーかばーか。変態、変態、変態。酔っぱらい。そんなだから紫上に逃げられるんだぞ」

押さえ込まれても、夕人は負けていなかった。まだ自由になる手で、光彦の腕を必死に殴っている。

「欲求不満だからって、息子襲うか。ふつーはしないよねっ」

「普通じゃないんだよ、俺は」

「セクハラで訴えてやるかんな。これまではおとなしくいい子でいてあげたけど、もう二度と光彦と口利いてやんないっ」

「夕人…好きなんだよ」

「僕はそんな光彦、大っきらいっだっ」

さすがにこの一言はこたえた。

酔いと昂奮が、恐ろしい速さで遠のいていくのがわかる。

「優しいパパの光彦は好きだけど、こんな変態親父の光彦なんて大っきらいだ。いいもん、もうこんな家なんて出ていっちゃうもん。葵ちゃんのとこか、おじいちゃまのとこに行く」

「お、おい…待てよ」

「やだーっ。変態っ。息子襲うなんて、信じられる？　ないよー、そんなの」

夕人はべそべそと泣きだした。

こうなるとますます欲望は縮小し、代わって困惑が光彦をとらえていた。

「泣くなよ。もうしないから」

掴んでいた足を離し、トランクスを直してやった。それでも夕人は泣きやまない。

「…そんなに泣くな。悪かった。酔ってるんだ。どうかしてた…」

夕人の髪を優しく撫でた。そういえばそんなことも、しばらくしていなかったように思う。抱き締めてのキスと、かみ合わない会話ばかりだった。

「謝るから…葵のとこになんていくな。あいつは…嫌いなんだ」

「ううっ、うっうっ、そりゃそうだよね。いつも葵ちゃんと同じ男狙ってるんだもん」

「…それだけじゃない」

「葵ちゃん、ムカついてたよぅ。可愛い男の子狙うと、いっつも光彦の食い残しばっかりだって」

「食い残しって…あのな」

ふぅーっとため息をつきながら、光彦は煙草を取り出す。夕人の部屋で煙草を吸ったら、すぐに水入りの灰皿を手に飛んでくる紫上はいなかった。

「うっうっ、えっえっ、僕がご飯残すと怒るくせに…自分は男の食い残しばっかり」

「……」

「もてなくなったからって…僕まで食べるんだっ。ひどいやつー。さいてぇー」

「……」

何も言い返せない。せめて一言、もてなくなったわけじゃないとは言いたかったが。

「光彦の食い残しになんてなりたくないよっ。もう十八になるんだ。自分の相手は、自分で探す」

「やめとけ…。俺以上の男なんて、どこにもいないさ」

あっさりと拒否されて、悔し紛れに光彦は自信があるふうに言った。

「いたらどうする？　光彦なんて、光彦…なんて、ただの変態親父じゃん。お金持ってるし、まだいい男だから、みんな騙されたふりしてるだけだよ。人間として、さいてぇーのやつなのにっ」

「そこまで言うか」

「言うっ！　パンツ下ろされた僕だから、言ってもいいんだ」

さすがにもう言い返す元気はなくなった。

事実その通り。息子のトランクスを引きずり下ろし、柔らかそうなヒップを触りまくったのは事実だ。

「紫上さんだけだよ。こんなさいてぇ親父の相手してくれるのは。なのに…何であんなに悲しませるの。愛してるんじゃないのかよっ」

「…ガキになんてわかるもんか」

「もうガキじゃない。十八になったら、この家では大人扱いしてくれるんでしょ」

夕人は起きあがり、さっきまでは武器代わりにしていた抱き枕を再び手元に引き寄せ、可愛い仕草でぎゅっと抱き締めた。

「光彦は認めるのがいやなんだ…」

「何を？」

「紫上さんを愛してるって…」

「ガキのくせに、わかったようなこと言うな」

「わかるよ。たった一人の男しか愛せない自分を認めるのがいやなんだ。俺様がぁ、あんな男に惚れてるわけないだろって、無理やりポーズ決めてるの」

煙草の灰を捨てるところがない。光彦は可愛いキャラクターがついたお菓子の缶を見つけて、その蓋《ふた》に灰を落とした。ちらっと見ると、缶の中のお菓子はすでになくて、丸まったチケットが入っている。それが自分の経営するクラブの招待券であることはすぐにわかった。

「こりゃなんだ。夕人…」

「…話、そらさないでよ」

「門限は十時だろ。守ってるよな。まさかこんな店で夜遊びなんてしてないだろ」

「こんな店って、自分の店じゃん」

「外国人から、おかしな薬とか買ってるんじゃないだろうな」

さっきまで牡だったくせに、今はすっかり父親の顔に戻ってしまっている。どんどん明るくなっている部屋の様子が、光彦を正気に戻したのかもしれない。

「自分の息子が信じられないの」

「ああ。この街の隅から隅まで知ってるからな。どの外国人が薬を売ってるか。どのおねぇちゃんが売りセンか、どこの店にいい男がいるか、知らないことはない。そして…どこでクソガキどもがたまってるかも知ってる。夕人…誘惑に負けて自分を見失うんじゃない」

「同じ言葉を返してあげるよ。光彦、誘惑に負けて、自分を見失うんじゃないっ」

「……」

缶の蓋に煙草を押しつけると、光彦は荒々しく夕人の部屋を出ていく。

夕人の言うことは確かにその通り。当たっているだけに耳に痛い。

それにしても紫上はどこに消えたのだろう。携帯が繋がらなければ、紫上の居場所も想像つかなくて、光彦は一人自室に戻ってもまだ呆然としていた。

紫上が戻らないまま、パーティーの日はやってきてしまった。その間紫上は有休を使い、会社にも顔を出していない。パーティーの細々したことはすべて紫上任せだった光彦としては、どうしたらいいのかとうろたえたが、実際当日になると、すべての手配は完璧に終わっていた。

まるで結婚式のように豪華なパーティーだった。場所は光彦が所有している店の中でも、一番広いクラブを貸し切りにした。ステージがあり、照明も最新式のものを使っている。踊るためのスペースにまでテーブルを持ち込み、立食スタイルで気軽に客同士が交流出来るようにしてある。特注のバースデーケーキが、中央に飾られ、その横にシャンパングラスがピラミッドのように積み上げられていた。各店から招集されたシェフや板前が、各自の腕を競った料理を並べる。当然酒も呑み放題で、高価なシャンパンから安価な焼酎まで、ほとんどの種類が揃えられていた。

「やだな。スピーチとかはやりたくなーい」

真っ白なタキシードを着せられた夕人は、どこかのステージで踊った後のアイドルのようだ。母親の葵は、夕人をタレントかモデルとして売り出したいと思っていたようだが、自分がその業界にどっぷり浸かっていたせいか、光彦は許さなかった。

大勢の人間に、夕人の美しさを売り渡す必要なんてない。自分だけが楽しむ権利がある。そのために投資も惜しまなかったのだからと、光彦なりに思うところもあるのだ。

ブラックフォーマルに身を包んだ光彦は、少し憂《うれ》いを含んだ表情で夕人を見つめる。襲うのに失敗し、あっさりと拒絶されてしまったが、拒まれれば拒まれるほど、妙に情熱をかきたてられる困った性格をしているのが光彦だ。

「夕人…綺麗だ。いっそ今夜を、俺達の結婚式にしちまおうか」

狭いスタッフ用の更衣室の中で、光彦はまたとんでもないことを口にする。つくづく懲りないやつだと、夕人は呆れたように光彦を見上げていた。

「光彦。冗談でもまた同じこと言ったら、二度と口利かないからね」

「可愛くないぞ」

「可愛くなくてもいいもん。光彦のやり方見てたら、僕なら絶対にパスッ。紫上さんみたいになりたくない。大切な時間を、光彦なんかにあげたくないも－ん」

光彦にこれだけ言いたい放題言えるのは、この世で夕人だけだ。誰よりも愛されている息子には、怖いものなどない。

「…俺と別れても…夕人…幸せに暮らせるとか思ってるのか」

「思ってるよ。豪華なパーティーとか、海外旅行なんてなくっても、自分だけを大切にしてくれる人がいればいいんだ。僕ね…今からそういう人を探しにいくんだ」

「いるもんか。俺以上にお前を愛するやつなんていない」

「けど僕以上に光彦を愛してくれる男だったら、いっぱいいると思うよ」

夕人はあくまでも冷たい。光彦はその胸元に深紅の薔薇《ばら》を一輪飾ってやった。

「紫上さん、来ないのかな。プレゼントくれるって言ってたから、楽しみにしてたのに」

「あいつの話はするな。やつは…とんでもない裏切り者だ」

光彦の顔に一瞬深い哀しみが過ぎる。ふることに慣れている男だが、ふられることには慣れていない。あくまでも抵抗を示すのが最愛の二人とあっては、いくら光彦が鉄の心臓をしていても傷つかずにはいられないだろう。

「夕人…愛してるよ」

夕人を抱き寄せ、光彦はいつものようにキスしようとした。けれど夕人はその口元を押さえ、はっきりと拒絶した。

「今日からはもう、そんなキスもなし。僕を一人前の男と認めて」

「セックスも知らないようなやつは、男じゃない」

「だったら覚えればいいんだね。だけど勘違いしないで。相手は光彦じゃないから」

「夕人…」

さらに引き留めようとする光彦の横を、夕人はするりと逃げ出して会場に入ってしまう。光彦もその後を追うしかなかった。

客がそろそろ入り始めている。パーティー用のコンパニオンが、お揃いのバニーガールスタイルで客を出迎えていた。花束が届く。プレゼントの山が入り口横のテーブルに積み上げられていた。

このパーティーが終わったら、本当のパーティーをやろうと夕人は決めている。招待客は一人。将だけでいい。

あの後、将とは昼間二回デートした。夜まで一緒にいたら、お互いに我慢するのが辛くなる。将が借りているというマンションに行くのもまずいので、普通の友達同士のようにカフェで逢い、ゲーセンで仲良く遊んで別れた。

相変わらず将は、名前しか教えてくれない。借りているというマンションの住所もはっきりしない。そんな秘密ばかりの男に恋するなんて、何て愚かなんだろうと自覚しながら、むしろ名前だけでどこまで好きになれるのか、自分の気持ちを確かめたいと夕人は思うようになっていた。

大勢の着飾った美男美女で、会場が埋まり始めている。その時夕人は入り口に待っていた人の姿を発見した。

やはりブラックフォーマルで身を包んだその人、紫上は、顔見知りの人達に丁寧に挨拶しながら、夕人に近付いてくる。その顔はいつもの優しい笑顔だった。

けれど紫上が近付いてくるにつれて、夕人の顔は強ばりだした。

どう見ても紫上の後ろから来る男は、将に見える。

いつものライダーズジャケットではない。借り物なのかもしれないが、きちんとスーツを着込んでいた。ネクタイはせずに、開いた胸元に銀色のネックを光らせている。指には相変わらずたくさんの指輪が嵌まっていて、物珍しそうに周囲の有名人に目を向けていた。

「何で…あいつが紫上さんと…」

紫上は将が脇見をする度に、その腕を優しく引く。そんな優雅な態度で接するのは、これまでは光彦か夕人相手限定だったから、夕人は嫌な予感がしていた。

「出てきたのはいいが、何だ、あの若い男は」

夕人の背後にいた光彦は、あからさまに敵意を剥き出しにしている。それはそうだろう。光彦よりも若くてがたいのいい色男なんて、そういるものではないのに、紫上はそんな男を自慢げに引き連れて歩いているのだ。

「夕人…お誕生日おめでとう。誕生日プレゼントは後でね」

紫上はいつもと変わらない声で話しかけたが、夕人はもう聞いていなかった。黙って紫上の後ろにいる将に目を向けている。

将も夕人に気が付いたのだろう。嘘が下手なのか、しまったといった表情になっている。

「丘部。二日も休んでたのは…そういうことか」

光彦はわざと紫上を社員扱いする。紫上はうろたえず、華やかな笑顔で答えた。

「そうですよ。彼…若いですからね。相手をするのも大変なんです」

夕人はその言葉を聞いて、手が震えだすのを止められなかった。

初めての恋の相手は、何と父親の愛人の浮気相手。

どんなドラマの結末よりも、夕人にとっては衝撃的だった。

「こんなことって…」

ぽつんと呟くと、ぎゅっと唇を噛んだ。

ここで泣きだすわけにはいかない。今日からはもう大人扱いなのだから。

夕人はなぜ光彦が、芸能関係に進むことを反対し、普通の大学に行かせようとしているのかわかっている。光彦が父親から引き継いだものを、いずれは夕人に継がせようと思っているからだ。

まだ子供の夕人には、光彦が譲ろうとしてくれている資産が、どれだけのものかまではわからない。けれど半端ではない金額だろう。それをすべて自分の代でなくしてしまったら、ここまで育ててくれた光彦にすまないという思いはある。

そのためにはまともな大人になるしかない。けれどこのままでは、まともな大人になんてなれそうもなかった。

傷つきやすく、騙されやすく、人を見抜く力もない。

光彦の言う通り、一人では生きていけそうになかった。

「しっかりしなくちゃ。今日からは…大人なんだから」

夕人は自分を励まし、俯きかけた顔を上げた。

会場内にいる大勢の人間。それぞれ社会的な地位も収入もある人達だ。これだけの人数を集めることが出来る光彦は、やはり男として立派だと思う。

光彦が築いたのは会社だけではない。こういった人間関係を築くことがどれだけ大変か、夕人にだってもうわかる。

いずれは自分がこの世界を継ぐのだ。

俺は六本木の夜の帝王さと、光彦はいつもふざけて言う。夕人は自分もいつか、帝王とまでは呼ばれなくても、王くらいには呼ばれる男になりたいと思った。

「紫上さん。そちらの方、紹介してくださいませんか」

「いいよ。ショウ君。レーサー志望なんだ」

「…初めまして。源夕人です。今日は僕の誕生日パーティーに、わざわざお越しいただいてありがとう。料理も飲み物も、たくさん用意しましたから、楽しんでいってくださいね」

夕人は将を初めて見たような顔をして、きちんと挨拶した。

将はそんな夕人をじっと見つめている。その顔は何か言いたげだが、不機嫌そうな光彦が二人の間に入って邪魔をしていた。

「いい男だねぇ。そんな年上相手にするより、君ならもっとお似合いの若い子がいると思うよ。今日のパーティーで、じっくりと相手を探したらどうだ」

ちくちくと嫌みを言う光彦の前で、平然と紫上は将の手を引くと、それじゃとだけ言ってまた知り合いの元に挨拶に行ってしまった。残された二人は、その後客達に挨拶するので忙しくて、それ以上紫上を追うことが出来なくなった。

時間になると、巨大なケーキに蝋燭が灯され、シャンパングラスのピラミッド頂上から、特大瓶のシャンパンが惜しみなく注がれる。一番下のグラスにまでシャンパンが溢れると、一つずつ上から取って客に配られる。

司会を頼まれた新人タレントが、歯の浮くような美辞麗句で光彦と夕人を褒めあげ、ケーキの蝋燭を夕人が吹き消してから乾杯になった。

客として来ていた歌手が総出で、ハッピーバースデーを歌ってくれる。ショーパブのダンサー達が、この日のために企画したショーを演じて場を盛り上げた。

夕人はずっと笑顔で立っている。

公式行事に参加している、王室の人間の気持ちが少しわかったような気がしていた。楽しくなくても笑わないといけない。知らない人でも、一目で名前と顔を覚えるのだ。相手を怒らせるような失礼な発言はしない。握手はいいけどキスは駄目。ともかくたくさんのことを、夕人は必死でこなそうとしていた。

笑顔は仮面のように顔にこびりついている。夕人は何気なく背後を振り返り、光彦を見た。やはり同じような表情を浮かべていた。

顔は笑っているけれど、視線は宙をさまよい、時折誰かの姿を捜している。

捜す相手は同じだ。長身の色男と、眼鏡をかけた優しそうないい男。二人が仲良く寄り添いながら、他の誰かと談笑している様子を、夕人と光彦は盗み見てばかりいる。

「夕人、ごめーん。遅くなっちゃったぁ。お誕生日、おめでとうっ」

長身の美女が、夕人に抱き付いていた。

「葵ちゃん、忙しいから来てくれないのかと思った」

「ごめんね、プレゼント、家に忘れて取りに戻ってたのよぅ」

とても十八になる夕人の母親には見えない葵は、長い綺麗な髪をマニキュアされた指でかき上げてから、夕人の頬に優しいキスをした。

「光彦に気を付けなさい。父親だと安心していられたのも昨日までよ。今夜からは、部屋には鍵をつけること」

同じことを紫上にも言われた。実際に経験済みの夕人としては、苦笑いを浮かべるしかない。

「まぁ、本当に綺麗に育ったこと。もう少し身長が高かったら、モデルでトップとれたのに。光彦ったら、すっかり自分好みに育てちゃって」

「おい…葵。そういう言い方はないだろう。ここまで育ててくれてありがとうだろうが」

光彦は葵にシャンパンを取ってあげながら、それほど怒っていないような口振りで言った。

二人がこうして並んでいると、似合いのカップルのように見える。結婚した当時は、まだ光彦もマスコミで騒がれるだけの知名度はあったから、あの源光彦が子連れモデルと結婚と週刊誌に書き立てられたものだ。

「あら…おかしなやつがいるじゃない」

葵は紫上と歩いてる将を見つけて、作り物でない笑顔を浮かべた。

「まーちゃん、元気ーっ」

よく知っている人間独特の親しみを込めて、葵は手を振っていた。その声に顔を向けた将が、あっ、やべっと口にしたのを夕人は見逃さなかった。

「葵ちゃん、彼、知ってるの?」

「あら、逢ったことなかった? あの子、あたしの従兄弟《いとこ》の息子よ。ねぇ、光彦。従兄弟の息子だと、夕人とはどうなるの。はとことか言うんだっけ」

その一言で光彦の顔色が変わった。それまで無理して浮かべていた笑顔が崩れて、険悪な顔つきになっている。

「はとこ? そんなこと一言もあいつに聞かされてないぜ」

「じゃ、なんで紫上君といるのよ」

「俺が知るか…。紫上の男だろ」

「へぇー、光彦、捨てられたの」

葵は遠慮したりしない。思ったことをずけずけと口にする。夕人ではフォローしてやることも出来なかった。

「そりゃ捨てられるわよねぇ。あれだけ派手に浮気してたら」

くすくすと葵は笑っている。男だったらとうに殴り倒されていただろうが、さすがに光彦も女性にだけは手荒な真似はしなかった。

「もったいない。馬鹿よね、光彦って。あんなにいい子を逃がすなんて」

「葵に言われてもな…」

「あたしはまだ一人に絞ったりしないもの。家にまで囲って、ちゃんと愛人させてたのに、浮気やめないからよ」

「あいつもいい年だ。若い男がよくなったんだろ」

「光彦がいい年だからでしょ。回数、減った？」

怖いもの知らずの葵は、平気で光彦の傷口をぐさぐさと拡げていた。それでも光彦は言い返せない。どうやら光彦も、葵だけは苦手らしい。

「紫上君、女は駄目かなぁ。知的なマゾ男って好き。いたぶってあげたいわぁ」

冗談とも本気ともつかない言い方をすると、葵はさっさと歩きだし、紫上達に近付いていった。

「はとこって？　光彦、どういうこと」

夕人は不安そうに光彦を振り返った。

どうして紫上の浮気相手が、夕人のはとこなのだろう。たまたま街で見かけた相手が好みだったから誘ったけれど、それが自分のはとこだなんて偶然があるのだろうか。

「さあな。俺にもよくわからない。柏木のじいさんの差し金か。紫上が家にいるのが気に入らないみたいだったからな」

「おじいちゃまがそんなことするかな」

「男同士で暮らしてるのが、じいさんには理解不能だったんだよ」

「じゃなんで、自分の身内を使って紫上さんを誘惑するの。女の子ならわかるけど、彼…男だよ」

「知るかっ！」

笑顔を作るのも限界に近かった。なのに本日の主役に、どうしても客は集中する。二人は上の空でそれぞれ答えていたが、葵が紫上の手を引いて無理やり近付いてきたので、ついに黙り込んでしまった。

「紫上君、まーちゃんが夕人のはとこだって知らなかったの？　友臣どこかにいない。あいつだったら知ってる筈なのに、どうして教えてあげないのよぅ」

「友さんは仕事で海外です」

紫上は困ったように答えている。

まさか葵が一目で将を自分の親戚だと見抜くとは、紫上も思っていなかったのだ。葵とは中学の時に逢っただけだと聞いていたから安心していたが、とんでもない計算違いだった。将の外見が特徴あるから、すぐにわかってしまったのだろう。

今さら別人だと言い訳するわけにはいかない。

妙な沈黙が四人の男達を支配していた。

「で、柏木の家の人間が、こんなとこでこそこそと何やってんだ」

光彦は将を睨み付ける。将に何か企みがあって、正体を隠して近付いてきたとしか思えなかったからだ。

「いや…仕事ないかと思って…」

「仕事？　うちは就職情報までやってないぜ」

「顔が広いって聞いたもんで…」

「悪いがそんなに顔はでかくなくてな。この通り、そこそこほっそりしてるぜ」

喧嘩腰の光彦の言い方に、将もむっとしたようだ。それまでは姿勢正しくしていたのが、ポケットに両手を突っ込み、顔を斜めに下げてじろっと光彦を睨んでいる。

「なんや、おっさん。喧嘩上等か」

紫上と夕人は、その時お互いに見つめ合っていた。言葉にはしなかったが、二人同時にまずいと思ったのだ。

「ショウ…いや、将君《まさる》。もういい。行こう」

「紫上さん。何びびってんですか。こんな親父によ。あんたがへこへこすることないっしょ」

「将君…いいんだ」

「よくねぇよ。マジでムカついた。葵おばちゃんの元亭主ってだけあって、口も悪けりゃ態度もでけぇな」

そういう将も、口も悪ければ態度もでかい。

「若造…。どこの田舎もんか知らないが、この街で俺にそんな口を利いたら、どうなるかわかってねぇな」

よせばいいのに光彦も、本気で相手をしている。大人げないと言えば言えるが、それが光彦なのだからどうしようもなかった。

「上等だ。舎弟《しゃてい》がいるんなら、百でも二百でも首並べな。俺とタイマン張る男気なんてねぇだろうからな」

夕人は金魚のように口をぱくぱくしている。

ここにいるのは夕人の知っている将じゃない。冗談を言って笑わせたり、それとなく夕人をエスコートしてくれる紳士の顔は剥げ、ワイルドな男の本性を剥き出しにしている。

だがそれでも夕人は将を嫌いになれなかった。それどころか心臓が激しく脈打って、顔がぽうっと熱くなる。

こんなに男らしい男は、これまであまり見たことがない。光彦が自分より男らしい男を、決して夕人に近付けなかったからだ。

「やぁね、何やってんのよ。喧嘩なんてみっともない。夕人の誕生日なのよ。少しは遠慮しなさいよ。これだから男って」

「うるせぇ、ババァは黙ってろっ！」

「うるさいっ、部外者は口挟むなっ！」

二人の男は、ほとんど同時に葵を怒鳴りつけていた。

「将君…よしなさい。私が悪かったんだ。こんなことに巻き込んですまなかった」

紫上は必死で将の腕を引く。だがどんなに力を入れても、紫上程度の力で動かせる男ではない。

「紫上さん。マジでこいつとは別れた方がいいっすよ。あんたみたいないい男が、ついてくだけの価値なんてないです」

「……」

悲しげに紫上は首を振る。そう言われても、その通りだと紫上には答えられない。光彦のいいところも、紫上は誰よりわかっているからだ。

「紫上は淫乱だからな。馬鹿でも若い男の方がいいか」

光彦は冷たい目で紫上を睨み付けた。

「呆れたな。一人でこそこそやってたと思ったら、そういうことか。柏木の連中と組んで、いずれ夕人が俺の財産を引き継いだら、騙してごっそり持ってくつもりなんだろ」

「そんなことは考えてませんっ」

とんでもない誤解だった。紫上はただ、光彦の夕人への想いを考えて、うまく身を引こうと足掻《あが》いただけだ。紫上の目から見れば、白と黒のお揃いのフォーマルで決めた二人は、何者も引き離せない最高のカップルに見える。

いずれは夕人も仕事を覚え、光彦の強力な片腕になるだろう。そうなってしまったら、自分の居場所はない。惨《みじ》めな思いをするよりも、いっそ憎まれて別れてしまいたい。それだけしか紫上の思惑はなかったのだ。

「だーめだよ、紫上さん。金持ちってのは、根性ねじ曲がってるからよ。みーんな金を騙し取るやつに見えちまうんだ。金がなけりゃ何にも出来ないからな。紫上さん、あんたが惚れる価値のある男じゃねぇよ」

将は馬鹿にしたように笑う。明らかに光彦を挑発していた。

黙っていられれば大人なのに、やはりいくつになっても光彦は光彦だ。無言で将に近付くと、いきなりその顔を拳で殴っていた。

「きゃーっ！」

葵の悲鳴で、余計に注目されることになってしまった。

将は頬を思い切り殴られていたが、たいして効きもしないのか、こきこきと首を左右に揺すって鳴らしているだけだ。

「顔は殴るなって…紫上さんに言われてたな」

将はにやっと笑うと、光彦の腹に拳を繰り出す。

たいがいの男は一発で沈む。将は余裕を見せてすっと後ろに下がったが、驚いたことに光彦はしっかり持ちこたえていた。

「へぇー、おっさん、タフだね」

「若造が…いきがってんじゃねぇ」

遠慮なく二発目のパンチが、将の反対の頬に炸裂した。さすがに今度は痛かったのか、将は間合いを詰めて本気で光彦の腹を殴りだす。光彦も負けていない。ど迫力の殴り合いに客達はどよめいたが、光彦がやっていることだとみんなどこか笑って見ている。

笑っていられない紫上と夕人は、叫びながら二人の間に入っていった。

「やめてっ、やめてよっ」

「よしなさいっ。いい大人が、何やってんだっ、もうーっ、光彦っ」

なぜか抑える相手が入れ替わっていた。紫上は光彦を抑え、夕人は将を抑えている。

「やめてよ…僕の誕生日なんだよ。二人とも…ひどいよ」

肩で息をしながらもまだ戦う気の男達は、夕人の涙声にたじろいで握り締めた拳を下ろした。

「だったな。悪かった。ごめんな」

将はすっと夕人を抱き寄せ、その耳元で優しく囁く。

「後で…話すから…」

夕人は激しく首を振った。

今は何を聞いても、信じることが出来ない。信頼していた二人から同時に裏切られて、夕人は誰もいなかったら大泣きしたいほどショックを受けていたのだ。

「将君…行こう」

紫上は将の手を引き、今度こそ本当に出ていった。

ざわざわした店内も、いつか落ち着きを取り戻す。光彦と同年代の男達は、若者相手に相変わらず血の気を失わない光彦を褒めそやし、すでに笑い話にしてしまっていた。

逆に女達は、せっかくの誕生日パーティーを滅茶苦茶にされた夕人に同情し、その周りに集まっては慰《なぐさ》めていた。

酔って騒ぎたい連中にとっては、喧嘩でさえも祭りだ。

気を利かせたスタッフががんがん音楽をかけ始め、いつの間にかフロアでは客達が踊りだしている。照明がくるくると回りながら店内を様々な色で照らし、祭りはますます盛り上がっていた。

当事者の二人だけが、取り残されている。

本当なら今すぐそれぞれの想い人を追いかけて、詳しい事情を聞きたいと思っていても、主役不在のパーティーなんて許される筈もなかった。

明け方近くまで、パーティーは続いた。夕人はまだ未成年だからという口実で、後は光彦に任せて一人だけ先に自宅に帰してもらった。

しーんと静まりかえった部屋で、白のフォーマルウェアを見ると、誰が零《こぼ》してくれたのか、所々に染みが出来ている。さっさと脱ぎ捨てたかったが、その前に昼間買っておいた鍵を、ドアの内側につけないといけなかった。

「もうっ、もういやだっ、こんな家。大学は絶対に地方の大学に行ってやるっ。誰がこんな家にいるもんかっ。光彦は変態だしっ、紫上さんは何考えてるかわかんないしっ。将…何で、はとこだって言ってくれなかったんだよっ」

ドライバーでドアに穴を開け、内側からだけ閉められる簡単な鍵をつけた。本当はこんなことしたくなかったので、昼間は悩んでいるばかりでつける気にならなかったのだ。

だが少し考えが変わった。紫上は本気で光彦と別れるつもりなのだ。あれだけ相手をしていた紫上がいなくなったら、性欲魔神の光彦のことだ。とりあえず手近な夕人を、真っ先に狙うに決まっている。

そう思って慣れない大工仕事をしていた。

「ばかだよっ、みんな。紫上さんも、将もっ、光彦もだいっきらいだっ」

泣きながら鍵の調子を確かめる。これでもう光彦に襲われる心配はなくなったのかと言えば、そうとも言い切れない。リビングにいる時間や、入浴している時はどうするのだ。自分の家なのに、父親である筈の男に脅えて暮らすなんて、悲しすぎて夕人は泣いたくらいではもう救われなかった。

コンッと耳慣れない音がする。気にもせずにドアの調節をしていたら、さらにどんどんっと激しく窓を叩く音が響いた。

「ん…?」

怖々窓を振り返る。ロールアップタイプのカーテンが下まで下りていたから、窓の外がどうなっているのか見ることも出来ない。カーテンを上げる勇気もなく、呆然と立ち尽くしていたら声が聞こえた。

「夕人…俺だ。入れてくれよっ」

低い押し殺したような声は、将だ。

どうしようか夕人は悩んだ。こんなややこしい事態になる前は、今日こそ将と二人きりになって、秘密の恋を進展させたいと願っていた。だが将が紫上の愛人で、しかもはとこであることを隠していて、光彦を殴った相手となっては、入れていいものかどうか悩んでしまう。

「入れてくれよ。こんなとこ見つかったら、警察に通報されちまう」

そこまで言われると弱い。夕人は急いで窓際に駆け寄り、カーテンを上げた。

人一人立つのがやっとの狭いテラスに、将が立っていた。

「どうやって登った?」

道路に面した窓だ。防犯上からも何のとっかかりもないように作られている。将は笑いながら、手にしているベルトを見せた。テラスにベルトの金具を引っかけ、それだけで一気に登ったとしたら、将は泥棒になっても一流だろう。

「入れて」

「……」

夕人は窓の鍵を外さず、じっと将を睨み付ける。家に入れたら最後、将の何もかもを許してしまいそうで怖かった。

「おっさんが帰ってきちまうだろ。まずいよ」

「…もう光彦を殴ったりしないで」

それだけ言うと、夕人は鍵を外した。

将はパーティーの時と同じ格好をしている。あれから紫上と二人で、どこに消えていたのだろう。紫上の愛人だと聞かされたからには、笑顔で迎えるのはもう難しい。

「何しに来たの。紫上さんとこに行けばいいじゃないか」

ぷっと頬を膨らませ、夕人は泣かないために必死の努力をしながら抗議した。

「誤解だって。あれはあの人、紫上って人に頼まれてやってたんだよ」

「嘘つき。僕はもう騙されないからね。紫上さんの恋人なんだろう。なのに僕をからかって、ひどいじゃないか…。ど、どうせ僕はガキだよ。十八になったって、何も変わらない。僕は…」

やはり涙を堪えるのは難しい。夕人ははらはらと涙を零し、そんな自分が憎くてまたさらに泣いた。

「泣くなって。悪かった。秘密にしないとまずいからさ。言いたくても言えなかったんだ。マジで驚いた。夕人の誕生日パーティーだったなんてな」

「は、はとこなのも隠してた」

「最初はマジで知らなかったんだってぇ。はとこだって何だっていいじゃん。俺は俺だし、夕人は夕人だろ。何でよじ登って窓から入ってきたと思ってんだよ」

将は夕人を抱き寄せた。白いフォーマルスーツは、すっかり汚れてよれよれだ。顔は涙でくしゃくしゃで、せっかくの美貌が台なしになっていた。

それでも将にとって、夕人は可愛いままなのだろう。抱き締める腕は優しく、すり寄せる頬は愛しさに溢れていた。

「泣かせちまった。ごめんな」

「……」

「今夜で俺の仕事は終わり。安心していいよ」

将は何とか夕人の機嫌を取ろうと必死だ。けれど夕人はいつまでもふてくされているばかりで、顔を上げようともしない。

「まいったな。最初はあのおっさん、光彦だっけ。あいつのとこで働けって言われてたんだ。そしたらレース雑誌の仕事を紹介してやるから、恋人のふりしてくれって頼まれたんだよ」

「う、嘘だ。そんなの」

「紫上さんに聞けば。パーティー会場で教えたかったけど、夕人は嘘が下手だから、おっさんにばれちまうと何にもならないだろ」

「おっさんじゃない…光彦」

夕人は将の逞しい胸に顔を埋めた。みっともない泣き顔なんて見せたくなかったのに、しっかり見られてしまった。今さら隠してもしょうがないだろうが、赤くなった目元や、湿った鼻をこれ以上見られたくなかったのだ。

「おっさん、じゃなくて光彦。いいパンチしてんな。あれからどうした。ぶっ倒れてたか」

「自棄《やけ》になって、シャンパン何本も空けてた…」

「へぇー、すげぇ。俺のパンチをまともにくらって、その後酒呑んでるやつなんていないんじゃねぇの。見直した」

夕人はちらっと顔を上げ、将の頬を見る。両方の頬は赤くなって腫《は》れているように見えた。

「痛かった?」

そっと手を伸ばして触れてみた。熱があるようで、触ると熱い。

「どうってことねぇよ。こんなのいつもだ。慣れてる」

夕人の手に、将は自分の手を重ねた。そのまま夕人の手を包んで、唇まで持っていく。掌の柔らかい部分に唇を押し当てて、ちゅっと音立てて吸っている。誘い慣れた大人の男の様子が見えて、夕人は急いで手を引き抜いた。

「誤解が解けたからもういいだろ。今日は帰って」

「どうして。誕生日に逢う約束は？」

「逢ったじゃない」

「大好きなパパを殴るような男は、いやになったか？」

あの光彦を殴れる男はそういない。殴ったことを怒っているのではなかった。

夕人はこれ以上傷つくのが怖くなったのだ。あんなに光彦を愛していると思った紫上が、他人を巻き込んでまで別れようとしている。

二人が積み重ねたものは何だったのだろう。どんなに愛しても、いつかこんな悲しい結末が待っているだけだとしたら、夕人はそんな恐ろしい世界に踏み込めない。

「僕には無理だ…。将…僕のこといつか嫌いになるよ。そしたら僕、うんと辛いと思う。光彦の言ってた通りだ。僕はこの家を出たら、幸せに暮らすことなんて出来ないのかもしれない」

「そっちが俺を嫌いになるかもしれないぜ」

「そうだね…。永遠の約束なんてないんだ」

また泣きたくなってきた。

小さな頃は、何も考えずに光彦に縋りついていた。同じように紫上にも甘え、たまに逢う葵や祖父にも可愛がられて育った夕人には、愛を失った経験はまだない。

「どんなに好きでも…いつか終わる愛なんていらないっ」

「そうかな…。何でも一度やってみてから考える方がいいと思うぜ」

「将も…光彦と一緒だ。セックスだけなんだ」

「それだけじゃないよ。マジで付き合ってみてさ。それで駄目だったら、お互い努力する。けど駄目って時に、やっと別れる話になるんだろ」

将の言葉には妙な説得力があった。

「俺だってうまくいくかどうか自信ねぇよ。けどこのまんま逃がしちまったら、俺、ずっと後悔すると思う。後悔ってのは、俺、大嫌いなんだ」

「僕は…どうなってもいいの」

抱き合って話していたら、そのままずるずると絡《から》め取られてしまいそうだ。夕人はそろそろ逃げる態勢に入ろうかと思ったが、ドアには自分でしっかりと鍵を閉めてしまったことを思い出した。

部屋に二人きりだ。光彦が帰っても、ドアを蹴破るしかこの部屋に入る方法はない。

「紫上さん。おかしなこと言ってたぜ。光彦は夕人と一緒になるのが一番幸せなんだって」

「えっ…」

将の言葉に、夕人は答えがちらっと見えたような気がした。

ドアに鍵をしろと言ったくせに、平気で家を空けた紫上の行動は矛盾しているように見えるが、それは夕人の本心を知りたいからの謎掛けだったのかもしれない。

夕人が部屋に鍵をつけたなら、光彦とそういう関係になるのを拒否したことだ。逆に夕人が光彦の出入りを許したら、それはセックスまで許すと認めたことになる。

「そうか…だから…鍵って…」

「俺はやだね。根性入ってるおっさんだとは思うけど、俺のもんにするって決めてたのによ。目の前で持ってかれて黙ってられっか。夕人、どっちか選べ」

「選べって…」

「おっさんとは血が繋がってないんだろ…」

将の目には、これまでなかった危ない光が宿っている。

ぐっと腕を掴まれた。

これだ。優しいだけの将に騙されてはいけない。本当の将はこんなふうに荒々しく、強引で負けず嫌い、もしかしたら光彦のように好色なのかもしれない。

「離して…痛いだろ」

「おっさんとやった?」

「するもんかっ。光彦は、父親だっ!」

日本に帰ったばかりの頃、叔父の友臣の家で初めて光彦に逢った。その膝に乗った時の甘い思い出が今でも生きている。

光彦がどう思っても、夕人にとってやはり光彦は父親だ。あんな浮気者で愛人泣かせの男でも、何とか庇ってやりたいと思うのは父親だからだ。

「あぶねぇからな、あのおっさん。息子にも平気で手を出しそうだ。紫上さんもさ、惚れてるからって黙ってることねぇよ。殴ってでもやめさせればいいだけじゃん」

そう言いながら、将の手はいつの間にか夕人のフォーマルスーツを脱がしにかかっていた。慣れたもので、ボタンを一つ一つ外し、ベルトを取り、さっさっと作業を進めている。

「待ってよ。紫上さん…僕が光彦とやると思ってた？」

「思ってるんじゃないの」

「やらないってわかったら、戻ってくるかな」

「…さあな」

ぼんやりとしているうちに、夕人はほとんどのボタンが外され、スーツもシャツも体に引っかかっているだけといった状態にされていることに気が付いた。

「何した？」

「手品…に、見えるか？」

将は今度は自分のスーツを脱いでいく。ネクタイのないスーツ姿は、それはそれで決まっているが、夕人はいつものライダーズジャケットも好きだった。

そんなことを思っているうちに、将は裸になってしまう。そしてぱっと服を部屋の隅に投げつけると、本当に手品のように夕人の上半身を裸にしてしまった。

「あ、あれ？」

「よっと」

そのままひょいっと夕人を担ぎ上げると、ベッドにまで運んでしまう。どさっと落とされた時には、もうするんとズボンまで脱がされていた。

「ちょ、ちょっと待って」

「んっ？　怖がんなくていいよ。最初は優しくスタートしてやっから」

「待ってよーっ」

まだ心の準備が出来ていない。そう叫びたかったが、唇はすぐに塞がれてしまった。

夕人にだって好奇心はある。紫上はいつも甘い声をあげて泣いているが、そんなにいいものなのだろうか。

それとも紫上だけが特別なのか。夕人ではそんな快感は得られないのか。

声しか聞いていない。実際にやっている現場を盗み見たことはないので、想像するしかなかった。

これからどんなことをされるのだろう。期待と不安が半々になっている。

将はキスしながら、慣れた様子で夕人のそこを触りだす。細心の注意を払っているからだろう。

タッチする指はソフトで、決して痛いとか不快な思いはさせられていない。

「んっ…」

キスは大好きになりつつある。

なのに将は唇を離し、今度はその唇を夕人の乳首にもっていった。

「…ん…」

ちゅうっと吸われると痺れたような感じがしてくる。舌先で転がされ、反対の乳首を指で嬲られると、下半身にまで痺れは伝わった。

もっとして欲しいと思ったら、さらに唇は下がり、可愛い臍《へそ》の周りを舌先がぐるぐると舐め回していた。

「あっああ」

ここまではとてもいい。さらに舌がどんどん下がっていって、まだ少し子供の部分を残したそこを、軽く指先で弄られた。

「…ん…」

光彦がいつも冗談で、舐めちゃうだの吸っちゃうだの言っていた。

そんなことをされてしまうのだろうか。

紫上にキスしたその後で、下の口にもしてあげようかなんて、光彦はいつもふざける。すると紫上は夕人の前でと、ぴしゃっと光彦の頬をよく叩いていた。

そんなことまでされてしまうのか。

「やっ、あんっ」

夢では何度もされている。だけど夢の快感は現実的ではなくて、漠然《ばくぜん》とただ気持ちよく思えるだけだ。

「初めて?」

将の指が、夕人のその部分の薄いヘアをすいている。

「うん…」

「いきなりこんなとこ舐めたら怒る?」

「……」

うんと言えばしてもらえない。いいと言えば、して欲しくてうずうずしているのがばれてしまう。

どう答えたらいいのだろう。

「怒るなよ…いかせてやるから」

沈黙は快諾と受け取られたらしい。そのまま将の舌は、夕人のそこに突進していた。

「あっ!」

想像していた以上の快感が与えられていた。自分の指で握るのと違って、思ってもいない激しさで吸われたり、かと思うと焦らすように先端だけを舐め回されたりと、予測もつかない動きが次々と繰り出される。

「んんっ…いい…いいよ、将。すごくいい」

こういった場合は素直に褒めるべきなんだろうと、思ったままを口にした。

「いいのか。それじゃもっとよくしてあげないとな」

思い切り足を開かれ、枕を腰に当てられた。持ち上げられたそこに将の舌が侵入しようとしていた。

「ひっ、そ、それは駄目っ」

駄目と言われてやめる将ではない。舌がそこの入り口をぐるぐる愛撫する間に、何とか拡げようとしている。

気持ちはいいけれど落ち着かない。

中学生になってから初めて、光彦と紫上が具体的にどんなことをしているのか知った。あんなこと使ったら絶対に痛い。紫上が毎日泣かされているのは、痛いせいだと思っていた。

さすがに今は、あの声が快感の声だということくらいは知っている。

「変な感じがする。嫌…将、それいやだ」

わがままな王子様は、自分がいやがればすぐにやめてもらえると思っているようだが、そうはいかなかった。

いやがればいやがるほど、将の舌先は凶暴になってくる。

「やっ、あっ、やだ」

前から後ろまで、いいように舌先で嬲られた。前だけにしてよなんて言いたくても、さすがにそこまでは言えない。

再び前を激しく攻撃される。

「いい、そこは…いい…んんっ、もっと…して」

今にもいきそうになった時、何かがつぷっと後ろに挿し込まれた。

指だけでかなりの違和感がある。

「やだっ」

快感と不快感。同時に味わわされたが、快感が勝利を収めた。将は出ると感じたのか、つっと顔を離す。すると夕人の出したものは、将の体を飛び越えて足下にまで飛んでいた。

「あっ」

初めていかされてしまった。ぼんやりと虚脱《きょだつ》しているうちに、将はすでに上半身を起こし、夕人の足をしっかり抱え上げてしまっている。

「少しべたべたするけど、特別高級なジェルを用意してやったからな」

この部屋にはなかった、化粧品のような微かな匂いがする。怖くてほとんど目を瞑っていた夕人は、恐る恐る目を開き、そして叫んでいた。

「だめーっ、そんなの入らないーっ」

入浴時に見た光彦のものは、こんなサイズじゃなかった。

膨張するという言葉にくすくす笑えた中学生ではない。しっかり現実を認識する年頃になった夕人だ。以前にズボンの上から軽く握られたものと、明らかに大きさが違うというのをこれで学んだ。

「いやだーっ、そんなの無理っ、痛いのはやーっ」

「入れる前からそれかよ。おとなしくしてろ。力抜いてぼうっとしてりゃ、すぐに奥まで入る」

「やっ」

どんなに逃げたくても、注射の順番はやってくる。それと同じで、どうしてもこれはクリアしないといけない難問なのだ。

「ひっ、やっ、入っちゃう。いいっ、痛いよ」

「奥まで入れれば、いいとこがあるんだから」

「無理、入んない、ああっ、やっ、やっ、んんっ、んっ」

将も必死なのだ。押さえ込む力は強くて、夕人はもう身動き一つ出来ない。

そのままゆっくりと奥まで入れられてしまった。

痛みに弱い夕人は、ここまでですでに気を失いそうになっている。

こんなことを光彦は自分にしようとしていたんだと思い出し、猛烈に怒りが沸いてきた。

将なら許してもいい。部屋に入れたのは自分の意志だし、夕人も将が好きなのだから、彼がどうしてもこれをしたいと思っているのだったら、耐えてみせるのが恋人だ。

けれど光彦がしたら、絶対に許せないだろうと思った。

紫上はこの痛みを知っている。だからどんなに夕人のことで気を揉んだか、思えば思うほど、紫上が気の毒になってきた。

「ほうら、入っただろ。じっとしてろ。今、感じる場所、探してやっから」

ぬちゃぬちゃしたものが動きだす。きちきちに入っているせいで、将も動かしにくそうだ。

「喰いちぎられそう…。きついわ」

「ん、痛いばっかり。嘘つき」

「待ってろ…ほら、じっとしてて、いいか、ここ？　ここの辺りにあるから」

もっと奥に入れるつもりなのか、さらに腰を高く持ち上げて、ぐいぐいと何度も奥まで入れたり出したりされるうちに、夕人は目をぱっちりと見開いていた。

「ああっ、ああっ、やだーっ、でちゃーう」

時間もたいして経っていないのに、またそこがぴこんと勃っている。

そうか、これなんだと夕人の長年の謎は解けた。

こんなとこに入れたら痛いだけ。そう思っていたらとんでもない。

「ああっ、やっ、あっ」

「いいか…俺も…気持ちいいよ。痛いからって泣かないでくれよ。お前の泣き顔…見ると…辛い」

将は前よりずっと楽な姿勢になって、時間をかけて動きだす。

彼だってこの素敵な時間をもっと楽しみたいんだと、夕人は優しい思いでその体を抱いていた。

ぼんやりと天井を眺めているうちに、涙がすーっと頬を伝った。よく泣く男だと思われているだろうが、本当に夕人は泣き虫なのだから仕方ない。

「泣くなよ。俺、泣かれると弱いんだぁ。泣くほど痛かったか」

「ううん…そうじゃない」

紫上の気持ちが、今ならとてもよくわかる。こんな行為を光彦が夕人にすると考えたら、とても一緒にはいられないだろう。

だからといって光彦を止める方法はない。強引な光彦は、自分がやると決めたら絶対にやる。だったら紫上はここを逃げ出すしかない。

「悪いのは光彦だ…。少し懲りればいいのに…」

視界を将の顔が塞いだ。上半身を起こした将は、そのまま夕人に覆い被さってキスをしようとしたが、寸前で思いとどまった。

「ん…何か忘れてると思ったら、誕生日プレゼントまだ渡してなかったな」

「いいよ、そんなの。気持ちだけでもう、胸がいっぱい」

「それじゃ…」

将は夕人の手を取り、今まで夕人を苦しめていたものに導く。ぎゅっと握らされて、夕人は眉を寄せた。

「何、まだやりたいの」

「プレゼント」

「殴ってもいい？」

どうもおかしい。怒濤《どとう》の初体験だった筈が、こんなにリラックスした気分でいいのだろうか。

将といると居心地がいいのはどうしてなのかわからなかったが、ここでついに決定的な原因を発見してしまった。

将は光彦によく似ている。

殴り合いになった時に、気が付いてもよさそうなものだった。紫上が偽の恋人として将を選んだのも、光彦だったら鏡の中に映った若き日の自分を見ているようで、余計にいやな気持ちになると読んだからだ。

「ジョークだって。怒るなよぅ。ぷっと膨れると、ハムスターみたいで可愛いけどな」

将は軽くちゅっとキスすると、そろそろとベッドを降りていった。

その後ろ姿をちらちら見ながら、外見は光彦とどこも似ていないが、確かに性格はそっくりだと気が付いて夕人は青ざめる。

どうして最初に逢った時に気が付かなかったのだろう。強引で負けず嫌い、そのくせ優しくて、恋人の涙に何より弱い。喧嘩っ早く、戦えば負けない。おかしなジョークが好きでやることは派手、いやなヤツだと思ってもどこか憎めないのだ。

こんな男を愛したら、紫上の二の舞になる。そう思って夕人はベッドに体を起こし、まだ痛む下半身を見下ろした。

一度で済む筈がない。光彦の性生活は知っている。休みの翌日の方が、仕事をしている時より疲れた顔をしている紫上を毎回見ていた。聞きたくないと思っても、時々聞こえる紫上の泣き声は、終わりがないと思えるほど長かった。

自分も同じようにされてしまうのだろうか。

「これは俺から」

ベッドに戻ってきた将は、煙草を銜えながら夕人の膝の上に小さな包みを置く。開くと黒革で出来た小さな袋の中に、銀色のリングが入っていた。

「あっ」

「少し気が早いかと思ったけど、こういうもんは勢いだかんな」

将は自分の指を示す。するとそこには、今、夕人が取り出したものと全く同じシルバーのリングが嵌まっていた。

「これ…」

「内側に俺の名前入ってるから。俺のにはお前の名前ね。バイクにもペイントでYUUTOって入れたぜ」

こういう行動の素早さも、実に光彦に似ていた。

「僕が拒否るとかは思わないわけ」

「しないだろ。俺に惚れてるくせにさ」

自己チューなのまでそっくりだ。

将はリングを袋から取り出すと、早速夕人の指に嵌めてくれた。手を繋いだり握ったりしたことはあるが、それだけで指の太さまでわかってしまうものなのだろうか。指輪はぴったりで、夕人の細い指にもよく似合っていた。

「それとこれは紫上さんから。渡してくれって預かってきた」

渡されたのは分厚い封筒だった。開くと手紙とともに、鍵が一つ入っていた。

「何、これ」

「鍵」

「そうだけどさ。どこの鍵だろう」

手紙を拡げた。将はまたベッドに這い上り、夕人を抱き締めながら一緒に文面に目を落とす。

『夕人、十八歳の誕生日、おめでとう。

この手紙を君が読む頃は、いろいろとあって君にもう逢えなくなっているかもしれないね。

私のことは心配しなくていいから。

残念だが、仕事も辞めるつもりです。

これ以上、光彦の側にいるのは辛いので。

将君に聞くまで、君達のことは知らなかったんだ。

夕人にもそういう人がいるんだったら、私もこんな馬鹿なことをしなくて良かったのかもしれない。

けどね、もうしちゃった。

本当は夕人が光彦を好きなら、私が消えればいいと思ってたんだ。

光彦にとって君は、息子だけど息子じゃない。

源氏物語って知ってる？

そこに登場する女性達の中で、光源氏に一番愛されたのはね。

光源氏が幼い頃から彼好みに育てた女性なんだよ。

私は光彦にとって、君はそういう存在なんだとずっと聞かされていた。

それでも私が光彦の側を離れなかったのは、あんな男でも愛してたから。

ごめんね。夕人にとっては大切なお父さんなのに。

君が望まないのに、光彦がまだ君におかしなことをするようなら、逃げ場が必要だろう。

この鍵はマンションの鍵です。

詳しくは地図とパンフレットを見なさい。

今はまだ私の名義になってるけど、いずれ成人したら君の名義に換えてあげます。

お金のことなど心配しなくていいよ。光彦からずっと給料を貰っていたけど、ほとんど使うことはなかったから、いつの間にか貯まってたんだ。

私には両親の遺産もあるし、一人だったら暮らすのには困らない。

安心してこのマンションを、君の隠れ家にしなさい。

受験の前にいろいろとあって、精神的にも大変だと思うが、少しは苦労した方が夕人のためだ。

何事も恐れずに立ち向かえる人になりなさい。

私が光彦を愛したのは、たとえ下半身はあれでも、誰よりも男らしい、本物の男だと思っていたからだよ。

光彦に意見出来るのは、夕人だけだ。

深酒しないように言ってやって。

それと年甲斐もなく、派手な殴り合いなんてするなって、言ってやってくれ。

愛してるよ、夕人。

悪い見本を見たからって、愛を恐れる人にはならないで欲しい。

馬鹿な男だけど、光彦をよろしく』

手紙の他に、新築マンションのパンフレットが入っていた。キーには６０３と書かれたシールが貼られている。場所は六本木で、この家からもそんなに遠くはないから、決して安い買い物ではないだろう。

「紫上さん…」

夕人は泣いた。いくらだって違う形で復讐出来ただろうに、紫上は最後まで夕人のことを気遣ってくれたのだ。その優しさが心に深く染みこんで、泣かずにはいられない。

「まいったな。泣いてばっかりだと、次に進めないだろう。俺としては、もう準備オッケーなんだけど」

将は羽毛布団をぱふぱふとめくり上げ、そこの部分が元気になっているのを示す。

「…決めたっ」

夕人はベッドから足を下ろしていた。

「んだよーっ、続きはっ」

「将。僕を好き?」

「好きでなけりゃ、どうしてここにいるんだっ！」

「だったら僕を守るって誓えっ」

「んっ?」

こういう言い方は光彦譲りなのだろうか。夕人はそれまで泣いていたことが嘘のように、きりっと形のいい眉を引き締めていた。

「紫上さん、どこにいるか教えて」

「今夜はまだホテルにいるよ」

「連れてって」

夕人はクロゼットを開き、動きやすそうなワークパンツとトレーナーを取り出していた。着替えながらさらに旅行用のバッグに手当たり次第に服を詰めていく。

「夕人ーっ。これで終わりってのはないだろう」

「えーっ、うるさいっ。引っ越したら、そこで好きなだけやればいいだろっ」

「引っ越し？」

「今は僕のことより紫上さんが先。どっかに行かれちゃったら、二度と捜し出せない。そんなことさせるもんかっ」

急がないといけなかった。夜が明けたら、紫上はこの街を出ていってしまうだろう。

夕人は知っている。おとなしそうに見えて、意外に紫上は意志が強い。一度こうと決めたら、簡単に決意を翻《ひるがえ》すような男ではない。

夕人が簡単に光彦のものにならないと知っても、それじゃあと戻って来るつもりはもうないのだ。

あの意地っぱりで負けず嫌いの光彦が、自分を決して許さないとも思っているかもしれない。

微妙な心のすれ違いを、矯正出来るのは自分だけだと夕人は思っていた。

「まだ愛してるんなら、行かせたら駄目だっ」

「待てよ。そういうことは、光彦がやるべきだと思うけどな」

ぐずぐずとトランクスに足を通しながら、将は不満そうだ。

「お互いに意地っぱりなんだから、今は何しても駄目だよ。また喧嘩になっちゃう」

「何で夕人がそこまでやるんだ」

「……」

夕人はきっと将を睨み付けた。そんな時の表情は、紫上にそっくりだ。顔立ちが美しいだけに、怒るとぞっとするほどの迫力がある。

「将だって親が離婚しそうだったらどうする？　愛し合ってるのに、つまんないことで喧嘩してるのを黙って見ていられる？　そういうやつとは二度とエッチなんてしないからなっ」

「ま、まてよ。お前って、思ってたよりきついのな」

「知らなかったの。あの光彦がわがまま放題させて育てた息子だよ。可愛い外見に騙されたと思うんなら、指輪、返す」

夕人は指輪を抜き取り、将の前にずいっと差し出した。

「僕が欲しかったら、男の本気見せて。それが出来ないようなやつは、光彦以下だ」

その一言で将はむっとした。

光彦以下と言われたのが、余程悔しかったらしい。

「おうっ、上等だ。可愛い顔してるくせに、生意気なのも気に入った。最初はただ泣いてるばっかりの可愛い子ちゃんだと思ったけどな」

「泣き虫なのは認める。けど…もう大人だ。泣いてるばっかりじゃ、何も変わらないってもうわかったし」

そういえば紫上が泣いた顔をあまり見たことがない。ベッドでは泣くのかもしれないが、いつもは逆にちくちくと嫌みを言って、光彦をやり込めていた。

紫上もきっと長い間に学習したのだ。何様男の恋人でい続けるには、泣いてばかりいては駄目だと。時には相手を飲み込み、支配する強さを持たないといけない。

「そうさ。最後は愛されてる方の勝ちなんだ」

夕人は窓を見る。そして近付くと思い切り開き、テラスから窓の下に向かってバッグを落とした。

「鍵が閉まってるから、光彦は僕が寝てると思うだろ。可哀相だけど、光彦には内緒で動かないとね。将、今のうちに逃げ出すよ。バイクは」

「路駐してっけど…まいったな。ワルで知られた俺様が、何だってこんなハムスターの言うこと聞いてんだよ」

「惚れてる方の負け。今は将の方が負けてる」

夕人はきらきらと輝く指輪を示すと、にこっと笑った。

「どうやって下りようか」

「こんなのすぐに下りられるさ」

その通りで、将は先にさっさと下に飛び下り、大きく腕を拡げて夕人が落ちてくるのを待ちかまえる。

夕人は思い切って飛び下りて、愛しい男の腕の中に抱き留められていた。

シャンパンは悪酔いする。宴《うたげ》が終わった後も、光彦はまだ酔いの中にいた。

いつもなら介抱してくれよと、好みの男に縋りつく。そのまま気が付いたらホテルの部屋で、相手は素っ裸で寝ているというのがパターンだった。

「社長、皆様お帰りになりましたが」

紫上は風邪でも引いたのかと思った。声がいつもと違う。

「んっ…」

顔を上げると、そこにいたのは島田だった。

「そうだったな」

紫上は新しい恋人、光彦を平然と殴った男とどこかに消えたのだ。そのせいでいつもは紫上がしている役を、島田が代わってしている。

「タクシーでご自宅までお送りしますよ」

「よせよ。ここがどこだと思ってるんだ。六本木だぜ。歩いて帰ったって、五分もかからない」

「私、タクシーで帰りますから。途中までご一緒に」

「俺が酔ってると思ってるのか。あれしきのシャンパンで、俺が酔うとでも…」

「いえ…お疲れのようなので」

その通り。疲れている。あれだけ大勢好みの男がいたのに、一人も誘う気になれなかったのは、余程疲れている証拠だ。

「それじゃお言葉に甘えるとするか」

光彦は立ち上がり、少しふらつく足取りで明々と照明の灯された店内を見回した。客が帰った後は、点検と清掃のために店内は明るくなる。するとそれまで魔法の国のようだったクラブの中は、がらんとした倉庫のように味気ないものに見えた。

従業員がせっせと散らかった店内を片づけている。パーティーのための飾り付けは外され、シャンパンの空き瓶がケースに入れられる音ががちゃがちゃと響いていた。誰が落としたのか、ネックレスにブレスレット。ショールに名刺入れ、煙草にライターなどが一カ所に集められている。

宴の後。

光彦は一抹の寂しさを覚えながら、店内をぐるっとさらに丁寧に見回した。

「夜は夢のためにある時間なんだ」

黙って傍《かたわ》らに立ちつくす島田に、光彦は呟く。

「だから起きていても、夢を見られないといけない。サービス産業ってのは、いかに楽しい夢を見させるか。それに尽きる。そうだろ」

「ええ…そうですね」

「夢を作る人間は…夢を見られない。悲しいもんだな」

酔いが醒《さ》めた時にまたこの店内を見回せば、あそこが汚れているとか、ドアが壊れているとか、グラスが汚れていないかなんて、見たくないものまで見えてしまう。酔っているせいでそこまで神経が回らないのがせめてもの救いだった。

「おつかれーっ。みんな、ご苦労ー」

音の消えた店内に、光彦の声がやけに大きく響く。お疲れさまでーすの声に送られて外に出ると、すでに東の空は明るくなっていた。

振り仰《あお》げば空には、明けの明星がぎらぎらと輝いている。それ以外の星はとうに輝きをなくし、明るくなりつつある空に、一つ、また一つと飲み込まれて消えていった。

夜が終わると、光彦の時間も終わる。生き生きとした経営者の顔は消え、ただの男に戻るのだ。

島田はタクシーを捕まえ、行き方を説明している。乗ったと思ったら、すぐにタクシーは光彦を自宅前まで運んでしまった。

「島田…明日は公休だろ。ゆっくり休め」

「社長こそお休みになってください。お疲れのようですから」

「ああ…そうさせてもらうよ」

走り去るタクシーのテールランプを見送りながら、光彦は煙草を銜え火を点けた。

そのまま家に入るのに、少し勇気が必要だ。

いつかは紫上が戻ると信じていた。ドアを開けば、紫上の靴が揃えて置かれている。リビングに入ればいつもの優しい笑顔があって、仕上げのコーヒーはとうっとりするような美声で囁くのだ。

酒を呑んだ後の仕上げに、コーヒーを飲む。仕事の話をして、早朝のニューズを見た。客や知り合いの噂話をして、笑ったり怒ったりする。空腹だったら紫上は光彦のために軽い料理を作り、自分は果物を食べていた。

それからまるで付き合いだしたばかりの恋人同士のように、仲良く一緒に風呂に入り、裸のままベッドに入る。優しい紫上は、光彦のどんな要求も拒まない。どんなに疲れていても、光彦が満足するまで忠実な恋人でいてくれた。

光彦は鍵を差し込む。クンッと微かな音がして、ドアは開いた。

夕人の履いていた白い靴があった。

それがあるだけでもせめてもの救いだ。

「夕人ー。帰ったぞって、もう寝てるか…」

リビングに入るのは辛かったが、いつもの習慣でつい入ってしまった。

家を出た時と、全く同じ空気が漂っている。

「いいさ。男なんてな。人間の半分いるんだぜ」

煙草を灰皿に押しつけると、ソファの背にどっと体をもたせかけた。

「何だって新しい男を見せびらかしに来たりするんだ。しかも柏木の親戚だぜ。あいつ友臣に気があるのかな…。かもな。友は…優しい男だから」

猛々しい若い牡だった。

逞しい体に、ぎらついた目つき。負けることや、老いることを考えたこともない傲慢で不遜な態度。あれはすべて、かつて光彦が身につけていたものだ。

今でも変わっていないと自分では思っている。若さだけはさすがに少なくなったが、傲慢で不遜な態度は相変わらずだ。負けるなんて考えたこともないし、死ぬことすらもはるか遠い未来に思われた。

なのに紫上は、光彦を捨てたのだ。

もっと未来のある若者を選んで。

「俺が悪かった…なーんてな。謝ると思ってんのか。だーれが謝るもんか」

あれだけきつい責めをしたのに、紫上はついに一言も新しい男のことを白状しなかった。なのに一番晴れやかな場所に、堂々と彼を連れてきたのだ。

どういう意図でそんなことをしたのか、光彦にはどうしてもわからない。

「夕人…ショックだっただろうな。あいつ…紫上に懐いてたから」

そう考えると夕人と話したくなってくる。寝ているのを起こしてもいいからと、階段を上がって夕人の部屋の前に立った。

「夕人…今日はすまなかった」

ドアをいつものように開こうとしたが、引っ張っても開かない。抵抗があるのは、どうやら内側から鍵を掛けているようだ。

「夕人、起きろっ、こらっ、ここを開けろ」

どんなにがたがた引いても、夕人は起きてこようとしない。今夜のことで怒ってしまったのかと、ここは諦めるしかないようだった。

シャワーを浴びてそのまま寝てしまった。昼過ぎに目が覚めて、バスローブを素肌に引っかけて再び夕人の部屋のドアを叩いた。

またそんな格好してるーと、可愛い抗議を覚悟して待ったが、いつまで経っても中からは何の応答もない。そろそろ光彦もおかしいと思い始めていた。

急いで滅多に着ない部屋着を引っ張り出して、着替えてから外に出た。物置から梯子《はしご》を取り出し、夕人の部屋の窓から中の様子を窺った。光彦が何より恐れたのは自殺だ。大切に育てた夕人だ。紫上が家を出ていったショックのあまり、自殺にでも走ったらと、光彦は完全に取り乱していた。

「夕人、まさかっ」

窓は難なく開いた。一歩部屋に踏み込んだ光彦は、誰もいないことに驚くより先に、部屋の内部に籠もる独特の匂いに思わず意識を集中していた。

「……」

ベッドをそっとめくる。とうにいなくなっている証拠に、どこにも温かさは残っていない。

だが何をしていたかは想像がつく。独特の臭気を放つ液体が、派手にぶちまけられた形跡があった。しかもこの感じでは一人ではない。

　誰かが夕人といたのだ。

「誘拐されたのか…暴行…レイプ」

　恐ろしい想像がぐるぐると脳内を駆けめぐった。敵なんていないと言えるほど、光彦だって綺麗な生活をしているわけではない。光彦のウィークポイントが夕人であることは、すでに知れ渡っているのだ。

　その時、夕人の携帯が鳴りだした。光彦は慌てて飛びついた。

「はい…」

『あー、光彦、起きた？　携帯、忘れていっちゃったんだ』

　呑気に笑っているその声は、夕人自身のものだった。ほっとしたと同時に、光彦は思わず父親の声になって怒鳴りつけていた。

「馬鹿野郎。心配させやがって。何してるんだ」

『プチ家出中。しばらく帰らないから』

「何、ふざけたこと言ってるっ」

『ふざけてないよ。家にいると貞操の危機ってやつだもん』

「…男だな。生意気に男なんて作りやがって」

『女の子だと思わないの？』

光彦はむっとして押し黙った。夕人が女の子と付き合うなんて、最初から考えてもいなかった。いや、他の誰かのものになるなんて、光彦は想像するのも嫌だったのだ。

「どこにいる。迎えに行くから」

『いいよ。僕のことはほっといて。学校にはちゃんと行くからさ』

「お前は未成年なんだぞ。相手の男は誘拐犯扱いだ。警察に通報するからな」

『いいよ。そしたら逆に訴えてやる。子供に対する強制猥褻《わいせつ》。そっちの方が罪は重いよ。僕は誘拐されたんじゃなくて、自分の自由意志で、身の安全を守るために家出してるんだから』

いつの間に夕人は、こんな生意気な口を利くようになったのだろう。光彦は思わず夕人のベッドに腰掛けて、頭をがりがりと掻きむしったが、そこで夕人が何をしていたのか思い出して慌てて立ちあがった。

「ともかく一度ゆっくり話し合おう。帰ってこい」

『いやだっ。紫上さんが帰るまで、僕も帰らない』

「お前な…見ただろう。紫上は男を作って出ていったんだよっ」

『紫上さん、どこに行ったの。光彦だったらこの街のこと何でも知ってるんでしょ。捜してよ』

「誰が…あんなやつ。携帯だって繋がらないし、居場所なんてわかるもんかっ」

『だったらいいもん。家に帰らないからっ』

「夕人、もしもし…もしもーし、おいっ、馬鹿野郎、切りやがった」

光彦は携帯をベッドに投げつけた。そして荒々しい動きで部屋を出ていこうとしたが、ドアが開かない。鍵がつけられているのを発見して、開けようとして手が止まった。

ドライバーなんてほとんど使ったことのない夕人だ。何でも先回りしてやってあげていたのに、今回は自分で鍵を買ってつけたのだろう。少し曲がっているし、きちんと奥までネジが入っていない。いかにも子供の仕事だったが、見ていて光彦は胸が痛んだ。

鍵のない部屋。それは一緒に暮らす人間同士が、信頼しあっている証だ。

いつでも入っていいいんだよと、許す気持ちがあるから鍵なんてつけない。

光彦はこれまで夕人に信頼されていたから、この部屋に鍵はなかったのだ。抱き締めてキスしても、世界一お前を愛していると言っても、夕人は何の疑いもなく光彦にされるままになっていた。

なのに今ははっきりと拒絶されている。

僕の世界にこれ以上入らないで。

セックスの相手は光彦じゃないんだと、夕人はこの鍵で主張している。

「俺は何をしてたんだろう。悪い夢でも見てたのかな」

天井からぶら下がった、飛行機のおもちゃを光彦は見上げた。スイッチを入れれば、プロペラを回しながらくるくると回転するおもちゃに、光彦は夕人の姿を重ねる。

同じところを回るしかない飛行機。

外に飛び出せば、大きな世界があって、限りなく広い空が拡がっている。なのに光彦はワイヤーで吊るして、この部屋にずっと閉じこめておこうとしていたのだ。自分だけしか遊べないおもちゃとして。

夕人は光彦のおもちゃではない。ましてや愛人でも恋人でもない。

たとえ血は繋がらなくても、息子なのだ。

「反省、後悔、謝罪。俺が一番嫌いな言葉だ…」

この家にまた安らぎを取り戻すには、大嫌いな言葉をすべて実行しなければいけない。

光彦は夕人の部屋を出た。そして階段を下り、リビングに向かった。

これまでしたこともないが、自分でコーヒーをいれてみようと思っていたのだ。

「どうやって捜せって言うんだ。もうここにいなかったら、日本全国捜せって言うのか。六本木だけだって広いんだぜ」

路地裏の店から、駅前のビルまで、知らないところはないと思っていた。なのにたった一人の男の隠れ場所がわからない。

「みっともねぇなぁ。この俺が若い男と殴り合いやって、紫上を奪い返すのか」

慣れない手つきで、コーヒーサーバーをセットした。水を入れてスイッチを押すだけなのに、コーヒー豆の量を間違えたのか、出来上がったコーヒーはかなり薄かった。

「殴り合いして勝ったところで、紫上が俺を選ぶ保証なんてないんだぜ。ひどいこともしたんだろうからな」

だったらさっさと新しい愛人を探せばいいと思えないところが弱い。おかしなもので紫上がいなくなってから、男を誘う気もなくなっていた。

光彦だってもうわかっている。

源光彦ともあろうものが、たった一人の男に惚れたりするものかと、いきがっていただけだ。紫上に対して、お前が本気で尽くさないと俺はいつだって他に男を作れるんだぜと、牽制したかっただけだ。

紫上がいなければ寂しくてたまらないくせに、強がっていただけだ。

「あーあ、あいつ、柏木の馬鹿息子。やたら強いもんなぁ。ジムでも通って、少し鍛え直すか」

思わず着ていた部屋着をめくって腹を見る。引き締まった腹には、赤黒いアザが二つも拡がっていた。

「綺麗なお肌してらっしゃいますね」

エステティシャンはお世辞でもない口調で言った。

「ありがとう。男なのに、エステで肌磨きなんておかしいですか」

「いえ…男の方でも結構いらっしゃいますよ」

職業柄、男の裸なんて見慣れているだろうに、エステティシャンは眩しそうに紫上の裸を見下ろし、丁寧に最後の仕上げに入った。

施されるマッサージにうっとりしながら、紫上は目を閉じる。

退職願を出して、一ヵ月ばかりのんびりと外国にでも行って来ようかなと思っていた。夕人に買ってやったマンションの入居手続きも終わったたし、おかしなことになってしまったが、別れの演出はそれなりに効果はあった筈だ。

綺麗に終わらせるつもりだったのに、とんでもない計算違いをしていた。

将が夕人と付き合っていたなんて、紫上は全く知らなかったのだ。そのせいであっさりと夕人に捕まってしまった。

「かくれんぼ、下手なんですよ」

意味のない呟きに、エステティシャンは紫上が眠ってしまって、寝言を言っているのだと思ったようだ。

夕人が幼い頃、あの家で毎日のようにやっていたかくれんぼ。夕人は一番捜し出すのがうまかった。今でもうまい。将を味方につけていたせいだが、隠れていたホテル・オークラの部屋にいきなりやってきて、大泣きされてしまったからもう駄目だ。

夕人に泣かれると弱い。

四歳の時からずっと一緒に暮らしているのだ。

光彦には教えないでねと、秘密もいっぱい教えてくれた。小学生の時は、母親の絵を描く時に、なぜか紫上の顔を描いてくれた。誕生日には下手くそな粘土細工をプレゼントしてくれたり、大きくなってからはどこでどう頼んだのか、〝紫〟と白く字が入ったリンゴをプレゼントしてくれた。

そういう子供だ。愛されて育ったから、愛することも知っている。

紫上が男で、父親の愛人でしかないのに、蔑《さげす》むこともなく家族として愛してくれた。

そんな夕人に泣かれると、紫上の十四年ぶりの一大決意もぐらつく。

どうせ戻るなら、これまでのようにだらだらとなし崩しにしたくはない。光彦に心からの反省を促《うなが》す意味でも、徹底的にやりたかった。

そこまでやってみて、初めて光彦の本心がわかるような気がする。

愛されているとは思っていたが、どれほど愛されているのかわからない。光彦にプライドをかなぐり捨てさせ、行かないでくれと叫ばせなければ、満足出来ないように思えた。

そのために自分を磨く。光彦の好きな美しい男になってみせるのだ。

肌を磨き、爪も磨き、髪をカットした。

精神的に落ち込んでいたせいで、窪《くぼ》んでいた眼窩《がんか》が生き生き見えるように、特に顔は念入りにやってもらった。

そして生き返った自分を鏡で確認した紫上は、満足の微笑みを漏らしていた。

これなら光彦を十分に惹きつけられる美しさだ。おどおどすることはない。こんないい男をふるなんて、お前は馬鹿だと少し傲慢に思えるくらいでちょうどいい。

夕人の誕生日パーティーから三日。今日ついに島田が電話で、社長が本気で専務を捜していらっしゃいますがと言ってきた。島田も忠実な男で、自分からは連絡出来ることを、光彦にはうち明けていなかったのだ。

疑り深い光彦だ。島田は絶対に紫上と連絡しあっていると思っていただろうが、プライドから泣きつけなかったのだろう。それがついに泣きついた。

「デートする場所も決まった。後は…花か」

紫上は花屋に寄って、深紅の薔薇を十四本買った。

それを手にして歩きだす。道行く人達は、あまりにも薔薇が似合う紫上の姿に、すれ違いざま思わず振り返ってその後ろ姿を見つめていた。

光彦はその夜、会社の下の道路に呼び出された。源社長にお目にかかりたいと電話で言ってきた女性は、光彦の知らない名前を名乗ったが、階下に下りてわざわざ逢いにいくと、その顔には見覚えがあった。

陰気《いんき》そうな顔をしている、黒服の女性だ。秘密の部屋の管理人。そうとしか光彦も知らない。

「何でしょう。支払いはもう済ませた筈だが」

「…いえ…これを」

女は赤い封筒を差し出した。

「今開いても？」

光彦は受け取り、ちらっと女を疑わしそうに見る。

「どうぞ…内容をご確認くださいませ」

言われて光彦は、封筒を開いた。

『本日二十四時、彼女の部屋にてお待ちいたします。　紫上』

「…これ…頼んだのはこの間の男でしたか」

光彦はまだ疑いを捨てきれない。頑固な紫上があれほどのことをして折れてくるとは思えなかったし、紫上を捜していることを知った連中が、とんでもないびっくり企画でからかってやろうとしているんじゃないかとも疑っていた。実際光彦の知り合いには、そういった悪ふざけの好きな連中が大勢いる。

「はい…先日御同室されたあの方でした」

「そう、それならわかりました。わざわざありがとう」

光彦はもらった封筒を上着のポケットにねじ込んだ。受け取ったと確認したからか、女は丁寧に腰を折って挨拶すると、まるで影が動いているかのように目立たない歩き方で、人込みに消えていった。

紫上のやり方にしては手が込んでいる。こんなところに光彦を呼び寄せて、濃密なセックスで仲直りするつもりなのだろうか。

悪い気はしなかった。

そろそろ肉体も限界だ。自分で慰めるなんてここ何年もしたことがない。先日入店したダンサーは、光彦に気があるようだから、彼を誘ってどうにかするかとまで悩み始めていた頃だった。

「そろそろ若造じゃ喰い足りなくなってきたかな」

光彦はふんっと鼻先で笑った。

紫上が恋人だと言って紹介した男を思い出す。あの体だ。回数はこなせるだろうが、テクニックはまだまだだろう。光彦との濃厚なセックスに馴らされた紫上では、すぐに飽きて物足りなくなってきたに違いない。

「後悔してるかな。ともかく連れ戻さないと、夕人が帰ってこない」

時計を確認しながら、光彦はそのまま社内には戻らずに、ぶらぶらと街を歩きだした。

ネオンが燦然《さんぜん》と輝く街の真ん中をぶった切るように、高速道路が走っている。その下を平行して走る一般道を、赤い空車ランプを灯したタクシーが何台も駆け抜けていった。

信号が変わると交差点をたくさんの人間が速足で行き過ぎる。客引きの男達が、落ち着きなく彼らの間をすりぬけ、目星をつけると背後から声をかけていた。

狭い街だ。

なのにかくれんぼには最適の街らしい。

たった二人の大切な男が見つけられないのだから。

すれ違う女達がちらっと光彦に流し目を送る。普段はその性癖を隠しているような男達も、落ち着かない視線で光彦を追っていた。

その昔はこんなものではなかった。ステージの上にいるだけで、無数の視線に犯されていたのだ。

ファンという名の彼女らは、脳内で勝手に光彦を犯し続けただろう。光《ひかる》という名前の男に自分の理想の姿を被せて、疑似恋愛の対象にしたのだ。

誰も本当の俺を知らない。ステージにいるのは、俺だけど俺じゃない。

これは祭りだ。みんな祭りが作り出す、夢の大騒ぎに巻き込まれているだけさ。

そうやってきちんと現実を認識していたから、ステージを降りても寂しいと思ったことはない。

生まれた時から有名人とか言われている連中を見て育ったのだ。彼らの栄光が、ほんの僅かしか続かないことが多いのも知っているし、より自分を大きく見せたがる虚飾《きょしょく》に満ちた姿ではなく、いつも不安にさいなまれている実体も知っている。

本当の自分を知っていてくれる人間はどれだけいるのだろう。

死んだ父。今は光彦の叔母にあたる妹と暮らしている母。

そして息子の夕人と、紫上だけだ。

会社でも本心は晒さない。いつだって鎧《よろい》を身につけ、戦う姿で挑んでいるからだ。

寝た男達に裸は見せても、心までは決して裸にはしない。

そうやって考えていくと、やはり紫上だけが自分を一番理解してくれているんだと思えた。なのに惚れている事実を見つめたくなくて、ひどいことばかりしていた。

「後悔、反省。嫌な言葉だな」

その嫌なことを今、やっている。したこともない反省を、紫上のためにやっていた。

時間がまだあるので、開店したばかりの店に入ってそれとなく観察した。だが十分もすると、顔見知りに出会ってしまう。世間話をしながら一緒に酒を呑む。かつてステージのスターだった男は、今ではこの街の夜のスターだ。賞賛されればついいい顔をしてしまう。

そうして呑んでいると、また別の知り合いがやってきて、いつか人の店なのに自分の店のようになってしまう。

そのうちの一人が、この間のパーティーの殴り合いの話を持ち出し、あれから専務見ないけどと、嫌みのように切りだした。

酔いがそれで一気に醒めてしまった。けれどそこで怒っても仕方ない。大人だったら、聞き流すということが出来ないといけないのだ。

光彦は笑って誤魔化した。けれど相手はしつこい。酔っているのか、ゲイは浮気性だとかそっちに話を持っていきたがっている。

そろそろ時間だなと思った。光彦はトイレに行くふりをして、そっと座を抜け出した。いつもなら気を利かせて、みんなの分まで支払いを済ませていくが、今夜はそうはいかない。

自分を怒らせた男をレジの担当にそっと示し、彼がすべて払ってくれるからと言って出ていった。

「ざまあみろっ…」

外に出た途端、笑いが滲《にじ》み出る。

紫上の同意を求めようとして、思わず後ろを振り返ってしまった。けれどそこには誰もいない。

花のように美しい顔立ちを、眼鏡と冷たい表情で隠している男は、いつだって振り向けばそこにいたのだ。光彦がとんでもないいたずらをすると、にっこりと笑って優しく許してくれる男がいないだけで、笑える悪企みの価値も半減してしまう。

光彦は唇を噛みしめ、一番嫌いな感情、寂しさを飲み込んだ。

もう少し歩けば、紫上に会える。寂しかったなんて決して口には出来ないが、二度とこんな思いを味わいたくはなかった。

表札もないマンションの入り口に辿り着く。そういった趣味の人間に、通常のホテルの何倍もの料金で部屋を貸してくれるのだ。あの陰気な女性だけが客に応対する。完全予約制なので、他には誰が利用しているのか知ることも出来ない。

ドアは開いていた。女性の姿はもうどこにもない。光彦はアロマオイルでも焚いているのか、不思議な香りが漂う室内に向かい、入り口に下がった分厚い深紅のカーテンを開いた。

優雅な姿勢で椅子に座って、紫上は待っていた。

モエエ・シャンドン・ペリニヨン・ロゼ。夜の街ではドンピンなどと低俗な呼び名で呼ばれてしまっているが、その色の美しさといい味わいといい、女王と呼ばれるに相応しいシャンパンだ。

紫上は泡立つピンクのシャンパンに、真っ赤なクランベリーを数粒浮かべて、飲み物に相応しい様子で味わっていた。

久しぶりに見る紫上は、知らない男のように見える。眼鏡を外し、乱視のぼうっとした目で遠くを見つめながら、真っ赤な果実が踊っているシャンパンを、舐めるようにして味わっていた。

「随分と粋なことするじゃないか」

数日前、この部屋で繰り返された狂乱の夜を思い出し、光彦は落ち着かない。

何回紫上をいかせただろう。ただでさえ感じやすい男を、立ちあがることも出来なくなるくらいに抱いた。光彦自身、自分を見失いそうになるほど、昂奮した夜だった。

あれから一度も紫上の中に入っていない。

限界に近い渇望が、今すぐ紫上を椅子から引きずり下ろして、その場で犯してしまいたいほどに光彦を追い立てていた。

「言いたいことはそれだけ?」

僅かに首を傾け、紫上はにこっと微笑んだ。

おかしい。いつもの紫上ではない。

ベッドではいつも色っぽい男だが、抱かれる前からこんなに壮絶な色気を滲ませているのは珍しい。

光彦の胃の底で、ちりちりと嫉妬の炎が舞い上がる。新しい男が、紫上をこんなにも変えてしまったのかと思うと悔しかった。

「あの男との3Pだけはいやだな」

分厚いカーテンの陰に、男が隠れているのかと思った。けれどカーテンは何十年もそうしていたように微動だにせず、人の気配はどこにもない。

「光彦…私をどうしたい?」

紫上は光彦に座れとも言わず、抱いてとも言わない。ただじっと光彦を潤んだ瞳で見つめているだけだ。

「押し倒して欲しいんだろ…。素直に言えよ」

「お断りだ」

あっさりと紫上は拒否した。

嘘をつけ。お前だって俺が欲しくて気が狂いそうなんだろうと、いつもの光彦なら即座に言った。けれど今の紫上には、そんな暴言を許さない雰囲気がある。

何だか至高の存在になってしまったかのようだ。美しいだけではなく、今夜の紫上には気高さもある。

元々あったのかもしれないが、紫上は太陽に隠れる月のように、本来の輝きをひっそりと隠していたのかもしれない。光彦という男を光り輝かせるために、わざと自分の光量を落とす。紫上だったらそれくらいのことはしただろう。

「別れ話だけするのに、この部屋はないだろう。刺激が強すぎる」

「別れたければ、どうぞ、私は止めない。出ていってくれていいよ」

紫上はカーテンを示す。そこを出れば、表はいつもの六本木の街だ。夢を見るために店を目指して急ぐ人と、夢から醒めて寒い思いを抱えて帰宅を急ぐ人。彼らは交差点で一瞬だけすれ違い、お互いの名前を知ることもない。

「それじゃ紫上、お前はどうしたいんだ。はっきり言えよ」

「…光彦がすべてを脱いで、あそこに座ってくれるんなら…戻ってもいい」

残酷にも紫上は、以前自分が括り付けられた革製のブランコを示した。

「いつからそっちに転向だ。似合わないからやめとけ」

光彦は馬鹿にしたように笑ったが、内心は困惑していた。

おとなしそうに見えて、紫上が意外に意地っぱりなのも知っている。一度口にしたことを、撤回させるのは難しい。光彦も強情だが、間違ったことをした時には、そんなこと何もなかったように平気で反対のことをするだけの要領のよさはある。

それが紫上にはない。一度こうと決めたら、なかなか変えない男だ。

だからこそ光彦の愛人を、十四年も続けてこられたのだろう。

「あそこに座って…。そしたら…本当のことをすべて話してあげるから」

「やっぱりな。何か隠してると思ったが。言っとくが、柏木とかって男の話だけは聞かせるな。やつら流に言うなら、思い出しただけで、マジでムカつくってとこか」

「脱ぐ？　脱がない？　どうする？」

紫上はシャンパンのグラスを置き、今度は薔薇の花束を手にした。今夜一夜を楽しむために用意した薔薇は蕾ではない。すでに花は開き、今が一番美しい状態で花開いている。

光彦は黙って脱ぎだした。

主導権を紫上に握られっぱなしなのは悔しいが、ここで言うことを聞かないと、夕人まで戻ってこないことになると思った。

本当は夕人は口実だ。光彦自身が、紫上に戻って欲しくてたまらないのだ。今ここにこうしている紫上は、まるで夢の中にいる男のようだが、それよりもっと現実的な、光彦の愛した紫上を取り戻したかった。

腹のアザはまだ消えていない。恥だと思ったが、隠し立てはしようがない。潔くすべて脱ぐと、不安定なブランコに座ってみた。

すると紫上は立ちあがり、近付いてきて光彦の手を固定する。まず右手を固定された時、断るなら今だと光彦の理性が叫んでいた。

源光彦ともあろうものが、こんな恥ずかしい遊具に括り付けられていいものか。これまで馬鹿なことは山ほどやってきたが、さすがにこんなことはしたことがない。縛るのは好きだが、縛られるなんて何があっても許せなかった。

「どうした？　私を殴りたい？　いいよ、まだ左手は自由だもの。殴ってすべて終わりにすればいい。こんなこと、光彦のプライドじゃ許されないんだろう」

「わかってるくせに、何でこんなことやるんだ」

「光彦は素直じゃないから…。私は本心を聞きたいだけだよ」

紫上はマニキュアされた綺麗な指で、さらに光彦の左手まで縛ろうとする。一度固定されてしまったら、いくら光彦でもこの拘束具から逃れるのは難しかった。

「私を愛してる？　それとも…プライドの方が勝つ？　どっち」

光彦は押し黙る。比較出来る問題ではなかった。

「足も固定しよう。この間自分の体で試したから言えるけど、結構辛いんだよ、これ。自分の体重を腕と足だけで支えるんだから」

足先を止めながら、紫上の目はアザで止まった。

「可哀相に…。無理するから」

一瞬、いつもの紫上に戻ったような気がした。けれどすぐに紫上は冷たい顔に戻って、さらに反対の足も固定した。

「紫上…」

「ルールは同じにしようか。私が飲むより、効かないとは思うけど」

シャンパンのグラスを再び手にした紫上は、ポケットから青い楕円状の錠剤を取り出す。

「そんなもの必要ない。何日もお利口にしてたせいで、もう爆発寸前なんだよ」

「そう？　一度で満足する光彦じゃないのは知ってるけど、そろそろこういうのも必要なんじゃないの」

歯の間に挟んで、紫上は光彦の顔を持ち上げてキスしてくる。その手が顎に触れた瞬間、光彦はこれまで感じたことのない甘い疼きが脊髄《せきずい》を駆け下りて、ダイレクトに下半身を刺激したのを知った。

だが錠剤を素直に飲み込む光彦ではない。舌先で押し戻そうと足掻くうちに、苦いものが口中に拡がる。キスしているだけで、薬は紫上の口の中にも入っているだろう。

一つの媚薬を、二人で押しつけあっていた。紫上はシャンパンを口にして、無理に飲み込ませようとしたがうまくいかない。やはりこういったことは、光彦の方が手慣れている。

舌でのやりとりが刺激になって、二人ともすでに昂奮していた。薬の効果はまだ先だから、純粋に二人は相手に対して昂奮していたのだ。

「ちっとも言うこと聞いてくれないんだから」

紫上は目元をうっすらと赤らめ、酔いと発情が同時に訪れたような顔で光彦を見つめる。光彦の下半身はすでに上向きで、紫上に見せつけるようにさらにぐっと頭を持ち上げていた。

「鞭でも持ち出すつもりなのか」

「……」

微笑むだけで、紫上はするするとスーツを脱ぎ出す。地味なグレーのスーツの下に、派手な臙脂《えんじ》というより赤に近いサスペンダーをしていた。ネクタイを引き抜き、サスペンダーを下げた姿で、紫上は薔薇を一輪手にする。軽く振り回していた紫上は、薔薇で軽く光彦のものの先端を叩いた。

「よせよ、紫上。女王様にでもなりたいのか」

「お仕置き…あれだけ言ったのに、夕人を襲ったから」

ぴしゃっと薔薇の鞭は、光彦のそこに当たって花びらを派手に散らした。

「夕人に聞いたのか?」

やはり未遂に終わったのが失敗だったかと、光彦は反省もなく考える。夕人のことだ。紫上にすべてを話してしまっただろう。

「可愛い夕人を泣かせた罰だよ」

さらに薔薇の鞭で叩きながら、紫上の目はとろんとしてきた。

光彦よりはるかに薬に弱い。僅かの薬が、光彦よりももっと早く効いてしまったのだろう。

「恋人なんて嘘なんだ。…夕人が光彦を選ぶのなら、潔く身を引こうと思っただけ。素直に消えるだけじゃ悔しいから、嫉妬させたかったんだけど、どう？　少しはいらいらした？」

「それが何で柏木の家の人間なんだ。俺が葵もじいさんも、大嫌いなのを知っていて」

「あそこでばれると思わなかったんだよ。彼はああ見えていいやつだよ。福岡ではかなりのワルで通ってたらしいけど」

「寝たんだろ」

薬はやはり光彦にも多少の変化をもたらしているらしい。恥も外聞もなく、光彦は苛立ちを示している。

「どう思う？」

紫上はさらにシャツを脱ぐ。その動作は誘っているつもりなのか、ストリップのダンサーのように色っぽかった。

「紫上…どうにかしろよ」

光彦のものは、ぶるんと震えて紫上を待っている。けれど紫上はあえて光彦に触れようともせず、ズボンまで脱いで全裸になると、何と光彦の目の前で自分で自分を慰め始めた。

「やめろっ！　そんなことしなくても、自由にしてくれれば俺がたっぷりと可愛がってやるから」

「一人では生きられないやつだと思ってる？　光彦なんていなくても、ほらっ、一人でだって楽しめる」

触れるほど近くにいるのに、光彦の体は紫上に届かない。いつにも増して美しい紫上の体は、昂奮からか薄く色づいていて、先端はもうたっぷりと濡れていた。

「欲しい？　ねぇ、光彦…」

「…よせよ…」

「目を背けないで、しっかり見るんだ。欲しいの、欲しくないの、どっち？」

「欲しいに決まってるだろっ」

光彦のものも、派手に先端を濡らしている。紫上の体を抱き締めたら、どんなに心地いいか体はすでに思い出していた。極上の締め付けや、最高のテクニックを持った舌先。それが光彦に与えてくれる喜びを想像するだけで、光彦はいってしまいそうだった。

「愛してるって言って」

「愛してるさ。そんなこと言わせて楽しいのか」

「本気で言ってくれないんだ」

紫上のそこはすでに筋を浮かべ、射精直前のように見えた。こんな時の紫上のそこが、どんな具合にぎゅーぎゅーと締まるか、思い出すだけで光彦は灼けるような苦しみを味わっていた。

「本気だっ。いつだって本気で言ってる」

「嘘だろ」

紫上は自分を慰めていた手を止めて、濡れた手で光彦の頬をつんっとつつく。僅かに触れられただけで、光彦の渇きはさらに激しくなってしまった。

「紫上、解けっ。俺を自由にしろっ。愛してるんだっ、お前がいないともう俺は駄目なんだよっ。それが本音だっ。満足しただろっ。いいかげん、俺に抱かせろっ」

光彦が暴れると、鎖がじゃらじゃらと派手に音立てて鳴った。

支えのないブランコで、暴れると手が痛む。光彦は、こんな責め苦を与えたのに決して自分の本心をばらさなかった紫上に比べて、自分の方が軟弱だと思ったが、もうそんな見栄を張るだけの余裕がなかった。

「愛してる？　本気？」

「本気だっ。自由にしてくれたら、明日中にお前を養子にして、家の名義を共同にしてやる。欲しけりゃ、店でも何でもくれてやるさっ。さっさと俺を自由にしろっ」

「…そんなものいらない。欲しいのは…光彦だけ」

紫上は光彦の体に寄り添い、指先でそっと胸をさすった。唇は光彦の顔のすぐ近くにあるのに、キスすらさせてくれない。

「光彦…もう浮気しないって誓えよ」

「…ついに言ったな。いつだって物わかりのいいふりばっかりしやがって。本当は浮気する度に泣いてたんだろ」

「そうだよ…一人で泣いてた」

「そんなに俺が欲しかったら、はっきり言えよ。今みたいにストレートに言って、俺に浮気なんてさせるなっ」

「ずるい…男。でも…愛してるんだ」

紫上はついに光彦の唇を捕らえ、邪心のない本物のキスを捧げた。

囚われの光彦はされるままだ。紫上の手がそこに優しく触れ、誘うようにしているだけでもう爆発してしまいそうだった。

「光彦が欲しい…」

不安定な形で吊るされた光彦の体に、紫上は跨った。男二人の体重を支えるために、鎖はじゃらんと音立てて伸びきり、揺れも穏やかになる。その隙に紫上は自分のそこに光彦の先端をあてがい、自ら腰を沈めて飲み込んだ。

「ああっ…」

甘い吐息が耳朶《じだ》を打つ。

腕と足に痛みを覚えつつも、光彦の体は貪欲に紫上を求めて蠢《うごめ》く。

再び鎖が激しく鳴りだした。それにつれて紫上の口からは、甘い泣き声が続けてあがる。

「いいっ、ああっ、あんっ、いい、光彦っ、ああっ、あっ」

光彦の首にしっかり腕を回しながら、紫上は自ら体を揺すって楽しむ。もう耐えきれないというように、喉を反らして喜悦に震えていた。

「抱きたいんだ…紫上、この腕にお前を抱きたい」

譫言《うわごと》のように光彦も呟く。

「ああっ、ああっ、光彦…誰にもあげたくないのに…ああっあっ」

二人の体は同時に震えだす。数日の禁欲が、もう耐え難いほどに二人を駆り立て、結末を急がせてしまった。

じっとしていても光彦の出したものがそこから零れだす。それほどたっぷりと出してもなお、光彦の硬度は落ちていなかった。紫上は自分が汚した光彦の腹を見る。アザがなければ完璧な美しさを誇っていただろう。

「解けよ…」

「んんっ…もう少しこのままじゃ駄目…」

「駄目だ。その体を舐めて、舐めて、こねくり回して叫ばせてやる。歩けなくなるまで、徹底的に可愛がってやるから覚悟しろよっ」

「そんなこと言われたら、余計に解きたくなくなるだろ」

「そうか。だったら言い方変えてやるよ。愛してるんだ。紫上、君を喜ばせたいんだが、自由にしてくれませんか」

紫上は笑った。その顔は至福に溢れ、花開くという表現がぴったりだった。

ゆっくりと紫上は光彦の上から降り立ち、まず足からと逆の順番で戒めを解いていく。

最後に右腕が自由になった途端に、光彦は床に紫上を押し倒していた。

「よくもいいようにやってくれたな。二度と許さないからなっ」

「あっ」

立場はすっかり逆転している。組み敷かれた紫上は、抵抗も許されないほど強く押さえつけられ、光彦の射るような視線に晒されていた。

「俺を怒らせたんだ。責任取れよ」

「責任って」

「二度と若い男と腕組んで歩いたりするなっ。家出なんてガキみたいな真似をするんじゃない。言いたいことがあるんなら、はっきりと言え…愛してるんだから…俺を悲しませるようなことは…二度とするな」

そのまますぐに光彦は紫上の中に入ってくる。驚異的な回復力だった。

「んんっ、ああっ」

紫上もやはり今のでは物足りなかった。自ら足を光彦の体に絡め、積極的に体の奥深くに受け入れようとしている。

「光彦、ああっ、いいっ、あっ、ああっ」

「いつ聞いても…いい泣き声だ。今度声だけ録音してやるかっ」

「いやだ…光彦、ああっ、やっ」

甘い悲鳴があがるのも今のうちだけだ。

そのうち紫上の喉は叫び疲れて掠れ、ほとんど呻き声しか出せなくなる。

紫上の肩に、今散らせた薔薇の花びらが張り付いていた。血のように見える花びらは、よく目を凝らせばハートの形のようにも見える。

紫上の心の痛みは、花びらに形を変えて綺麗に散ってしまった。

二人が秘密の部屋を出たのは、夕方近くになっていた。秘密の部屋には、天蓋《てんがい》付きのクラシカルなベッドがある。黒のシーツと黒いカバーを掛けられたケットに埋もれて、昼でも暗い室内で夢も見ないで眠っていたのだ。

そんな二人には夕日さえ眩しい。

「早出の吸血鬼って気分だな」

坂道をのろのろと上りながら、光彦は呟く。呟いてからそっと後ろを振り返った。

紫上はすっかり疲れた顔をしていて、最初に見た瞬間の煌《きら》めきはもうない。けれどそこに紫上が、しかもいつもの紫上がいると思うと、光彦はほっとしてしまった。

「死んだのに気が付かないゾンビって気分ですね…。どうしてあんたって人は、適当とか加減するとかないんだろ…」

「自分で仕組んだんだろう。あっ…まずい、区役所、閉まっちまうな」

「役所？　何です」

「ん…養子。まずそっちを先にしとかないと、家の権利を共同名義に出来ないだろ」

「冗談だと思ってた…。そんなことしてくれなくていいですよ」

夜が終わると、夢は綺麗に消えてしまう。消えた夢は完全に抹殺されたわけではなくて、再び夜になると顔を出す。それまでの間に人は、日常というやつをクリアしないといけない。

夢の中ではあんなに素敵な誓約も、現実には戸籍係を前にして、署名捺印《なついん》という普通な行為がなければ成り立たない。魔法であっさりと片づけるわけにはいかないのだ。

「弁護士通すか。その方が早いな。遺言書も書いておいてやるよ」

「光彦…そんなことはいいって言ってるのに」

「夕人に三分の二だ。それで納得しろ」

「いりませんよ、そんなものっ」

「そんなものってことはないだろう。俺が親から受け継いだ、大切な財産なんだぜ」

また険悪な雰囲気になりかけた。

光彦はそこで苦笑まじりに紫上を振り返り、今度はその肩に手を置いて並んで歩きだした。ここで喧嘩をしては何もならない。

「誰も先に死ぬなんて言ってない。形だけの約束だ。誠意を見せたいだけさ」

「誠意はもう見せてもらいました。だからいいです」

「性意なら見せたけどな」

それとなく光彦は、肩に置いた手でいやらしく紫上の肩を揉む。疲れている紫上は、そんなマッサージだったらずっとしてもらってもいいと思ったが、違う場所のマッサージはもういいと真剣に思っていた。

家に辿り着く。

鍵を差し込む。

ドアを開く。

磨かれた玄関には、靴一つない。そこに二つの靴を並べて置く。

リビングに入った。

すると紫上は、つい習慣で口にしてしまった。

「コーヒー、いれましょうか。おなか、空いてます？　何か食べますか」

「コーヒーいれてくれ」

光彦はソファにどかっと体を投げ出し、紫上はスーツの上着をソファの背に掛けて、キッチンに立った。

「果物が何もないな」

空っぽのフルーツバスケットだけが、この家で一番キッチンにいるのが似つかわしい男の不在を訴えている。

「電話して夕人に買ってこさせればいいだろう」

光彦は上着も脱がないままで、煙草を手に新聞を読んでいた。

「…夕人にね…」

いったいこの数日間は何だったのだろうと思わせるほど、穏やかで日常的な夕暮れだった。

通りでは夕刊を配達するバイクの音がパタパタと響き、家の前を行き過ぎる女子高校生らしい弾けた笑い声が聞こえる。

紫上はコーヒーをセットした。出来るまでの間に、玄関から持ってきた郵便物を仕分けする。ほとんどがダイレクトメールの中に、一つだけ恐ろしく達筆の手紙が入っていた。

「柏木大《だい》…もしかして」

宛名は光彦になっている。紫上はその他の手紙と一緒に、光彦の前のテーブルに置いた。

「紫上…生命保険の名義は、お前と夕人と両方あるからな。証券は書斎にあるから、後で調べとけ」

光彦はすっかり婚姻モードに入っている。紫上は光彦が読んでいる新聞を揺らし、テーブルの上を示した。

「何だよ」

「柏木将君のお父さんだと思いますけど。すいません。私が友さんから頼まれていたんですが、何でも東京の商売を勉強させたいからって、源で雇って欲しかったようです」

「あいつを？　無理だって。毎回客を殴ってたら、商売になんかなるもんか」

ふんっと言った顔は、まだ殴られたことを根に持っている証拠だ。

紫上は知っている。その将が夕人の想い人で、二人が秘密の新居でここ数日、ハネムーンを過ごしていることを。

言うに言えない。

光彦だって自分がどんなに愚かなことをしていたか、今となってはよくわかって反省しているだろう。だから夕人が、恋人だか友達だかの家にいてもそれほど怒らずにいるのだ。

けれど相手が、あの将だと知ったら。

コーヒーが沸いた。紫上は温めた二つのカップに、いい香りをたてるコーヒーを注ぎながらも頭を悩ませていた。

「何だって。皆様ご健勝のことと存じます。ご健勝かぁ。いいけどよ。さて、我が愚息も、この春無事大学を卒業いたしまして、社会人となるべき年齢に達しましたが。あの馬鹿、大学だけは出てるんだ。で、何だって、何分にも田舎者ゆえ、世間の常識も知らないままって、あのなぁ。てめぇの責任だろが」

文句を言いながら手紙を読む光彦の前に、紫上はコーヒーを差し出した。

「んっ」

光彦は手紙を黙読しながらコーヒーを口に運ぶ。

「ん…旨いな。やっぱり紫上のいれてくれるコーヒーが最高だ」

笑顔で光彦は紫上を振り返り、自分の隣の席を示した。

紫上はコーヒーカップを手に、ちょこんと光彦と並んで座ったが、頭の中ではどうやって二人のことを理解させようかという思いが、ぐるぐるしていた。

将のことを、紫上は嫌いではない。何日かを将は紫上と一緒に過ごしてくれた。偽の恋人なんだから、そこまでしなくてもいいと言ったのに、一人にしておいて、あんたが自殺でもしたら嫌だから、愚痴なら俺に言いなよと言ってくれた。

故郷ではワルで通したと言っているが、心根は優しい若者だと思う。未成熟な子供達のトップでいれば、自然社会との軋轢《あつれき》もあってワルの看板を被せられてしまったのだろう。

東京に来たらもう一人だ。仲間に気遣うこともなく、本来の自分に戻っているのではないだろうか。

夕人のような温室育ちには、将のように野性育ちのボディーガードが絶対に必要だ。光彦だけでは夕人を守ることは出来ない。

大人になった夕人には、子供時代には経験しなかった様々な誘惑が待ち受けている。夕人は本能でそれを知っていたから、自分を守ってくれそうな男をゲットしたのだ。

「紫上。聞けよ。すげぇぞ、この親父。いたらない場合には、どんな仕置きにかけるも異存はございません。貴兄のような、立派な実業家たるべく、愚息をご指導、ご鞭撻《べんたつ》のほど、よろしくお願いいたしますって、うちはヤクザじゃないって。夢を売るサービス業だよっ」

「あの、その」

「今すぐ夕人に電話しろ。久しぶりに三人で飯でも喰いに行こうってな。ついでに果物が欲しいんだろ。買ってこいって言えよ」

すっかりリラックスした光彦は、手紙をテーブルの上に投げ出して、紫上の肩に腕を回しながらコーヒーを飲んでいた。

「光彦…夕人を叱らないで」

「叱るような悪いことなんてしてないだろ…。わかってるよ、男が出来たんだろ」

少し辛そうにしてみせたが、その顔にはまだ笑顔があった。

「紫上、お前がその…いろいろと教えてやってくれ。体の手入れの仕方とかな」

「……」

「まだ痛むか」

「えっ？」

「この間みたいに、痛むからって拒否するな…。可愛い口でサービスもいいが、俺は…紫上のここが」

また光彦の手は、いやらしく紫上の腰に回される。

「んーっ、どうだ。今夜は仕事休みにしようか。せっかく新婚気分に戻ったんだから」

「夕人が」

「今さら、何遠慮してる」

「だって、もう大人ですよ」

「いいお勉強になるさ」

光彦はそのまま紫上の項に唇を押し当てる。

さっきまでの早出の吸血鬼気分は吹き飛んだらしい。血を吸うよりも、もっとエロティックなものを吸いたくなっているのだろう。

「光彦…私、早死にしたくないんで」

「駄目だよ、紫上。俺が死ぬ前後に死んでくれないと。俺は待つのは苦手だ。天国の入り口で、何年も待たされるのはごめんだ」

「天国…行けるつもりですか」

光彦は笑いながら、さらに紫上の命を縮める行為を仕掛けようとする。

浮気なんてしないでとつい言ってしまったが、紫上はそれで果たしてよかったのかと悩み始めていた。

ただでさえ精力旺盛な光彦だ。一人に絞るとなったら、始終紫上が相手をしないといけなくなる。果たしてこの体でついていけるのだろうか。

「光彦…食事が先」

「前菜にしてやるよ」

光彦は紫上のズボンの中に、手を突っ込もうとしていた。

「や、やめなさいっ」

「いいね。そういう澄ました顔してるのを、乱れさせるのが楽しいんだ。たまには、あんな色っぽい迫り方をしてくれてもいいが、あれだと俺、歯止めが利かないぜ」

「ちょっと、今だって、歯止めが利かなくなりそうで…待って。まだそこはっ」

「風呂に入ってきただろう。もう綺麗じゃないか。んーっ、舐めてあげようか」

「光彦ーっ、やめなさいっ」

二人がソファの上でどたばたやっているというその時に、外で耳慣れないバイクのエンジン音がした。大型の排気量のバイクだ。それが玄関先に停まっている。

誰のバイクか気が付いて、紫上は思わず大きな目をさらに大きくしていた。

「光彦、あの」

「んっ」

その時、夕人の華やいだ笑い声が聞こえた。

「紫上さん、帰ってると思う?」

「おっさんもいるんだろ。まずくねぇ」

「いいよ、もう。どうせ紫上さんが戻ってくれれば、光彦はいい子になるしかないんだから」

声は筒抜けだ。

紫上を押し倒そうとしていた光彦は、顔を上げていた。

「…あの声は…誰だ。まさか仕置きオッケーの兄ちゃんじゃないよな」

「いや、だから、その」

玄関が勢いよく開く音がする。

「紫上さん、帰ってる。ラッキー。紫上さーん、ただいまっ」

ぱたぱたと駆けてくる夕人の足音は、昔からそう違わない。けれどその後ろから、どすっどすっと響く別の足音がしていて、光彦と紫上は同時にリビングの入り口を見つめていた。

あとがき

いつも剛しいらの本をお手にとってくださる読者様。ご愛読ありがとうございます。

そして初めての読者様こんにちわ。

今回は雄飛アイノベルズ発刊以来、最年長のカップル？　ということでしたが、いかがでしたでしょうか。まぁ私にしてみれば、光彦さんの歳だってまだまだ子供…というか、男としては若い部類なんですが。

へっ、何ですって。あたしのパパはもっと若いですって。そ、そういう方もいらっしゃるとは思いますが、現実はしばしおいといて、会社の上司や担任の先生とかで同年代の方のことは、この際比較対象にはしないということで。

ですが実際、今時の四十歳なんて、若くていい男が山ほどいると思いませんか。これからはもっと増えていくでしょうね。

なぜって。そうですね。ライフスタイルの変化かな。最近は日本人の男性も、お洒落な生き方を出来るようになったと思うんですよ。仕事が出来るだけでなく、日常からお洒落に暮らせるようになってきてるんじゃないかな。

これまで日本人の男性は、遊ぶのが下手だと思われていたけれど、最近は大人になっても遊び心をなくさない男性が増えてきたと思いますよ。そうさせるのには、やはり女性からのアプローチも大切ですよね。つまんない大人の男にだけはならないでねって、訴え続けるんですよ。

男の魅力って、その年代ごとにいろいろと違うけれど、私にとって魅力的なのはやはり読者様によってはおじさん世代と思われる三十代以上。いろいろな経験を積んだ、大人の男かな。

今回の舞台は六本木。この本が出る頃には、再開発地域がほとんど完成して、東京の新名所になっていることでしょう。

そういった新しい街の顔と、昔から歌のタイトルにもなった歓楽街の顔。

大人カップルと若者カップル。二組のカップルがちょうど新旧の街の象徴のようになりました。どちらのカップルも、何だかこれから大変そうですが、きっと楽しく暮らしていくことでしょう。

夜、遊びにいく機会がありましたら、華やかに見える夜の街の裏側で、しっかり生きてる彼らのことを思いだしてくれたら嬉しいです。


イラストお願いしました、斐火サキア様。麗しい夜の帝王をありがとうございます。いつかぜひまた、髭男の話でご一緒したいです。

雄飛の担当様。いつもお世話になっております。

そして読者様。夜は夢のためにある時間ですが、読書の時間も夢を見るためにある時間です。少しでも楽しい夢の気分を味わっていただけたら、作者としてこれ以上の喜びはありません。

それでは、また。

剛　しいら拝

そして……

光彦《みつひこ》と紫上《しじょう》には、決まった出社時間というものはない。何かがあれば早朝からでも出社したし、夜が明けてそのままずっと昼過ぎまで仕事をしていることもある。この日二人は、まだ太陽が空高く上がっている時間に社長室に入っていた。

「どういうことです。これじゃあ、怒られますよ。やはり人材というのは適材適所に配置しないと」

紫上は光彦の代わりに、自社のホームページに寄せられたメールの返事を打ち込みながら、時々手を止めて考え込む顔付きになっていた。

「社長。大人げないですよ。私怨を持ち込むのは卑怯です」

「私怨って何だ。これはあくまでビジネスさ」

紫上の声が曇っているというのに、光彦の顔は楽しそうだ。ついさっき打ち合わせを終えて帰った業者が残していった、分厚い資料を手ににやにやと笑っている。

「だからって、この企画は何ですか。社長の趣味とは明らかにずれてると思うけど」

「趣味じゃない。あくまでも商売だ。売り上げの落ちた店をリニューアルするだけだぜ。おもしろい店だろう。新店のマネージャーには、ぜひ先頭に立って頑張ってもらおう」

資料の中には新店の改造費の見積もり金額、店内のイメージイラスト、厨房で使われる機械類や食器類のパンフレットが記載されていた。光彦は煙草を手に、その資料を紫上の目に見える場所にわざと置いた。

「最大の売りは、店員のこのユニフォームだ。生地もすべて現地から取り寄せて、本物とまったく同じ仕様に作ってみせるぜ」

「…これを彼に着せて、どれだけ意味があるっていうんです…。お客が引きますよ…」

「六本木は国際的な街だろ。それらしい店じゃないか。紫上、お前こそいつもの冷静さはどうした。マスコミをどうやって呼び寄せるか、そっちの方面で頭を悩ませるのがお前の仕事だろ」

光彦は自社のホームページを呼び出すように促す。画面に『源《みなもと》』と大きな文字が現れたと思ったら、次々と光彦の経営する店の画面が続く。ネットならではのサービスや予約をやっているから、アクセス数は決して悪くはなかった。

「新店の予告はいつから流す。この後の会議の前に、何だったらユニフォームの見本を着せて、あいつにモデルをやらせるか」

「…社長…いえ、あえて光彦と呼びます。年甲斐もなく、みっともない嫉妬はやめなさい」

どこで手に入れたのか、光彦がすでに用意していた新店のユニフォームに、紫上の目は向けられていた。

白いシャツは普通だ。タータンチェックの帽子もそんなに違和感はない。房飾りが付いたソックスも、白で清潔感があっていいだろう。けれど一番問題なのは、帽子とお揃いのタータンチェックの生地で作られた、キルトと呼ばれるスカートだった。

「正式な民族衣装だ。男がスカートをはいてどこが悪い。何年かごとに男のスカートが、ファッションで登場するが定着しない。だがこれはああいう際物とは質が違う」

「そんなことはわかってます。企画自体は悪いと言ってません。問題はどうしてこの店のマネージャーに、将《まさる》君を持ってくるかですよ。商売のノウハウも知らない新人に、いきなりスカートはいて店に出ろなんて、いびり以外の何なんですか」

嘆く紫上の肩を光彦は優しく抱いていた。

「俺は将の父親から頼まれてるんだぜ。商売のノウハウを教えてやってくれってな」

「息子の恋人に嫉妬するなんて、親父丸出し。らしくない…」

まだ反対している紫上に、光彦はすっと自分の顔を近づけて、耳元でさらに危ない言葉を囁いた。

「知ってるか。本来ならあのスカートの下はノーパンだぜ」

「結局はまたそれですか」

「いや、二度と浮気はしないと誓ったからな。従業員のスカートの中にまで手を突っ込むような、最低の経営者になるつもりはない。可愛いタータンチェック柄のTバックを、全員に支給してあげるよ。酔った客にセクハラされてもいいようにな」

光彦の声は楽しそうだ。負けず嫌いの光彦のことだ。将に対する婿《むこ》いびりも、非常に手が込んでいる。

「お前が浮気もせずに、しっかり働いて貯めた金で買ったマンションに、どうしてやつが住んでるのかなっ。甘やかすのもいいかげんにしとけよ」

「光彦…」

紫上は何とか思いとどまらせようと、光彦の手を優しく握った。甘い声でお願いすればどうにかなるような光彦ではないと知っているが、それしか手が思いつかない。非常手段として色仕掛けでいくかと、紫上が最後の決断を下した時、運悪くドアを誰かがノックしていた。

「時間には正確だな。それだけは褒めてやる」

光彦は手に嵌めたカルティエの時計で時間を確認すると、微笑みながら紫上の側を離れて自らドアを開きにいった。

「おはようございます…」

言葉だけは丁寧だが、明らかにふてくされていると思える将がそこにいた。

「いやぁ、正式にうちの社員になってくれて嬉しいよ。ここでの売り上げがすべて将来、可愛い、可愛い夕人《ゆうと》のものになるんだからな。君としてもここは頑張ってくれないとな」

理解ある男の顔をして、光彦は優しく将の肩を叩いて室内に導き入れる。紫上はあーあと呻いて、両手で頭を抱え込んでしまった。

「早速だが、新店のオープンに当たってこれから本社会議を行う。君もいきなりマネージャークラスだ。当然、参加してもらうよ」

「いいんですか…。俺、まだ何も知らないんだけど」

光彦より僅かとはいえ背が高い将は、怪訝な面もちでやたら愛想のいい光彦をじっと見下ろす。

「習うより、その体で商売の厳しさをしっかり学習するんだ。サービス業は、そんなに甘くはないぞ。一に笑顔、二に挨拶。三にスピードだ。言われたことは即実行。君なら出来る」

「何だぁ…めっちゃ調子いいじゃん。おっかしいなぁ」

「将君、オフィスにいる時の彼は社長だ。私たちも君を柏木《かしわぎ》君と呼ぶ。従業員の礼を尽くしなさい」

紫上は思わず椅子から立ち上がり、二人の間をそれとなく見守っていた。

「で、俺の仕事って何なんですか」

勘のいい将は、すでに何かあると予感したようだ。

「現場で従業員を管理するマネージャーだ。悪いがうちはマネージャーも、一般の従業員と同じユニフォームで、率先して現場で働いてもらうことになっている。今日の会議には、早速ユニフォームで出席してくれ」

「ユニフォームって、あれじゃないっすよね」

将の視線の先には、拡げられた例のユニフォームがあった。

「言わなかったか。今度の店はスコットランド・パブだよ。おいしいスコッチを普及しようと思ってな。従業員もいい男の外国人を大勢雇い入れるが、彼らを管理するのは、君の仕事だ」

「スカートはいて…」

「キルトだ。スコットランドでは軍人の正装だよ」

光彦は心底楽しそうに言った。将はしばらく無言で顎髭をいじっている。

静かだ。紫上ははらはらしながら二人を見守っていた。

「……半端じゃねぇな…この親父。夕人の親でなきゃ、ぶん投げてるとこだぜ」

「やれるもんならやってみな。福岡に熨斗《のし》つけて送り返してやる」

「いいぜ。その時は夕人もしっかりかっさらっていくかんなっ」

二人の距離が異様に接近している。これはまずいと、紫上は二人の間に細身の体を割り込ませた。

「こうしましょう。今日はとりあえず、私が着ます。それで文句がないでしょうっ」

「紫上っ！」

「紫上さんっ！」

「生足が何だ。これは誇り高き軍人の正装ですよ。企業のトップたるもの、常に皆の見本にならないといけないのは、軍人と同じですっ」

紫上は二人の間をすり抜けると、タータンチェックの巻きスカートを手にした。そして二人をきっと睨み付ける。

「どうせなら、開店当日はみんなこれ着たらどうです。そうだ。似合うも似合わないもない。それが一番いいんだっ」

『オフィス・源』の敏腕専務には、心安らげる日々はない。新に加わった人材は仕事を助けてくれるどころか、余計なストレスを増やしてくれそうだった。

novels

新刊案内

ひどく甘い、くちづけ——

弾丸に唇のぬくもりを

浅香ゆき

イラスト 柏木沙矢

警視庁特別捜査官の各務は、事件を捜査中記憶喪失の少年に出逢う。優と名乗るその少年は、無自覚に色香を漂わせていて、各務はその欲情を誘う口づけの甘さに引き込まれていく。無邪気な表情の中にある、儚げな雰囲気と陰。それらは事件との関わりを匂わせ——!?

6月1日 発売予定 ［予価 850円+税］

novels

novels

新刊案内

それほど我慢できないのですか？

ストイックな夜は甘く

伊郷ルウ

イラスト 左崎なおみ

恥も外聞もなく淫らな身体を晒し、悶え苦しみながらも貪欲に快楽を求める幸司。追いつめられ泣き声をあげる獲物の姿に、雅彦は熱くなる自身を感じていた。自分が悦びを与えた男が、義理の兄弟に——この背徳的な関係を、一度は断ち切ろうとする雅彦だが……？

6月1日 発売予定　　[予価 850円＋税]

novels

高梨警視、ライバル出現!?

罪な約束

愁堂《しゅうどう》れな

イラスト 陸裕《りくゆ》千景子《ちかこ》

ごく普通のサラリーマンだった田宮吾郎は、社員旅行先の温泉で殺人事件の『第一発見者』になってしまう。ところがこの被害者は、実は別件で指名手配中の犯人だった。ほんの少しのすれ違いが生んだ悲劇の結末は……？　刑事×リーマンの人気シリーズ・第2弾!!

発売中　[定価 850円+税]

好評既刊案内

暁　由宇
Stand by me　［史堂　櫂］
Hard to hold　［石原　理］
快楽の支配者　［九条えみり］
罪深き誓約　［九条えみり］
夜毎の鎖　［小路龍流］
禁じられたまなざし　［藤崎こう］
Bitter&sweet　［石田育絵］

伊郷ルウ
サディスティックな夜は甘く　［左崎なおみ］

上原ありあ
抜けない棘のように　［実相寺紫子］

榎田尤利
Blue Rose　［金ひかる］
Sleeping Rose　［金ひかる］
名前のない色　［宮本佳野］

金田えびな
夜に縛られて　［石田育絵］
恋人の値段　［海老原由里］
演技じゃない！　［海老原由里］
エゴイストの庭　［小路龍流］
TRUE LOVE　［小笠原宇紀］

恋愛の条件　［紺野けい子］

かのえなぎさ
わがままな衝動　［左崎なおみ］

剛しいら
楽園　［櫻井しゅしゅしゅ］
ホテルで逢いましょう　［西村しゅうこ］

愁堂れな
罪なくちづけ　［陸裕千景子］

高岡ミズミ
月と媚薬　［九条えみり］

高崎ともや
『KAIRI』　［高久尚子］

たけうちりうと
パーフェクト・ラブ　［小路龍流］
エクセレント・ラブ　［小路龍流］

橘　伊織
うつせみの恋　［斐火サキア］

橘かおる
誘惑の甘い吐息　［如月弘鷹］

定価はすべて（本体850円＋税）

好評既刊案内

遠野春日
探偵は月夜に恋をする【杜山まこ】
したたかに純粋【甲田イリヤ】
美貌の誘惑【小笠原宇紀】

早瀬響子
愚か者の純愛【水貴はすの】
淫らな指先【緒田涼歌】

日生水貴
やさしいナイフ【木村メタヲ】

妃川　螢
抱かれてもいい【九条えみり】
欲望という名の情熱【九条えみり】
温もりのイイワケ【西村しゅうこ】
愛されすぎて【水貴はすの】

日向唯稀
LOVE CHASER【こうじま奈月】

ふゆの仁子
プライベート・レッスン【秋月千璃】
官能のスパイラル【みささぎ楓李】

水月真兎
サイバー・ラヴァーズ【十條かずみ】
探偵物語1〜2【藤井咲耶】

水戸　泉
俺のすべて【あさとえいり】
恋愛実験室【木村メタヲ】

雅　桃子
アラビアンえっち♥【こうじま奈月】

六堂葉月
キスと薔薇とSEX【金沢有倖】
僕の保健室にようこそ【金沢有倖】
恋愛カタルシス【門地かおり】

定価はすべて（本体850円＋税）

原稿募集のお知らせ

雄飛では、〈小説〉〈イラスト〉の原稿を、随時募集しています。

『小説家になりたい♥』『イラストレーターになりたい♥』など、あなたの夢を雄飛がバックアップします。

あなた独自の作品で、是非チャレンジしてください。

優秀な作品には担当者がつきます。

デビュー時には、当社規定の原稿料・印税をお支払いいたします。

＜共通応募規定＞

●内容：ボーイズラブ系の商業誌未発表のオリジナル作品。
●資格：特になし。年齢、性別、プロ、アマ問いません。
●応募上の注意!!
　☆両面コピーはしないでください。
　☆原稿はすべて右肩をヒモ・ホッチキス等で、綴じてください。
　☆一作品につき、必ずひとつの封筒を使ってご応募ください。
　☆商業誌未発表作品であれば他社へ投稿したものでもＯＫです。
　　（但し、他社の審査結果待ちの原稿は厳禁です）
　☆あきらかな規定違反は評価の対象外となります。
●簡単な批評、コメントをお送りします。
　☆希望の方は、80円切手を貼った返信用封筒を同封してください。
　☆結果送付は、都合上４カ月程かかります。ご了承ください。
●原稿は一切返却いたしません。ご了承ください。

＜小説部門＞

■原則として、ワープロ原稿。
■原稿サイズ〈B5・タテ〉使用。
■44字×17行で210ページ前後。（誤差は３ページ程度）
■印字はタテ打ち。字間・行間は読みやすく取ってください。
　（字間より行間を広く取ると、読みやすいです）
■ノンブル（通し番号）は、左下に記載してください。
■綴じ方として、〈１枚目〉に、応募カード（コピー可）添付。
　〈２枚目〉に、あらすじ。（180字前後）
　〈３枚目〉から、本文。
■最低でも３回、ご自分で校正してからお送りください。

＜イラスト部門＞

■原稿サイズ：A4・タテヨコ自由（基準枠線 天地257×左右162mm）
■コピーで結構です（カラーはカラーコピー）。必ずA4に統一。
　（返却できませんが、それでよければ原稿をお送りください）
■３点１組で投稿してください。
　①当社ノベルズの既存キャラクター〈モノクロ×１点〉
　　※裏面に、ノベルズタイトルと選んだ頁、キャラクター名を明記。
　②オリジナルキャラクター〈モノクロ×１点〉
　③オリジナルキャラクター〈カラー×１点〉
■左下に、ナンバーを記入してください。
■綴じ方として、〈１枚目〉に、応募カード（コピー可）添付。
　〈２枚目〉から、イラスト原稿、①②③。
■背景なども、審査の基準になります。丁寧に描いてください。

◇ご質問等は雄飛編集部までお問い合わせください◇

TEL：０３－５４８０－２７５１（月～金・10：00～18：00）

※直接の持ち込みはお断りします。郵送もしくは宅配便でお送りください。

雄飛・投稿作品応募カード

タイトル	フリガナ ※イラスト部門の方は、既存キャラクターの登場するノベルズ名を明記						
氏名	フリガナ	PN	フリガナ	年齢	歳	男 女	
住所	フリガナ （〒　　－　　） 都道府県						
TEL	（　　）　　－	FAX	（　　）　　－	職業			
備考	〈同人誌歴・投稿歴・質問等〉				あなたの投稿作品に対する批評・コメントを希望 する・しない （どちらかに丸をつけてください） ※希望する場合は、80円切手付返信用封筒が必要です。		

◆宛先◆　〒144-0052　東京都大田区蒲田5-29-6とみん蒲田ビル8F　雄飛編集部まで

アイノベルズをお買い上げいただきありがとうございました。
この本を読んでのご意見、ご感想をお待ちしております。

〒144-0052　東京都大田区蒲田5-29-6
とみん蒲田ビル8F
雄飛 アイノベルズ編集部「剛しいら先生係」
「斐火サキア先生係」

真夜中の裏切り

2003年5月1日　初版発行

著　者・・・剛しいら
発行人・・・宮澤新一
発行所・・・有限会社　雄飛
〒144-0052
東京都大田区蒲田5-29-6
とみん蒲田ビル8F
Tel. 03-5480-2751
Fax. 03-5480-2752
印　刷・・・東京書籍印刷株式会社

ISBN4-946569-12-X C0293